서서 자는 잠

실천문학 소설

서서 자는 잠

2025년 12월 29일 1판 1쇄 찍음
2025년 12월 30일 1판 1쇄 펴냄

지은이	김근하
펴낸이·편집장	윤한룡
디자인	윤려하
관리 영업	이소연
홍보	고 우

펴낸곳	(주)실천문학
등록	10-1221호(1995.10.26)
주소	남양주시 퇴계원읍 퇴계원로 52 405호
전화	02-322-2161~3
팩스	02-322-2166
홈페이지	www.silcheon.com

ISBN 978-89-392-3190-0 03810

울산광역시   울산문화관광재단

이 책은 울산광역시, 울산문화관광재단 '2025년 예술창작활동 지원사업'의
지원을 받아 발간되었습니다.

서서 자는 잠

김근하 단편소설집

실천문학

차례

그네

그네가, 그네를 탄다. 바람이 등나무를 휘감을 때마다 수줍은 듯 슬쩍 튕겨 오른다. 노랑, 파랑 원통형 미끄럼틀 앞에는 스프링이 달린 말 두 마리가 앞발을 치켜세우고 언제라도 뛰어나갈 자세다. 개 한 마리가 어슬렁거리며 놀이터를 가로지른다. 그네 앞에 멈춰 서더니 신기한 듯 한참을 바라보다가 컹컹, 짖기 시작한다.

방범 카메라 1은 내가 사는 아파트 뒤쪽 놀이터를, 방범 카메라 2는 119동 주차장을 24시간 비춘다. 아파트 내부 광경을 촬영하는 케이블TV 41번 채널을 보기 시작한 것은 아내의 장례를 치르고 나서다. 나는 아무 일 없었던 것처럼 사람들을 만나고 회사에 출근할 자신이 없었다. 나를 쳐다보는 사람들의 눈빛에는 내 잘못으로 인해 아내가 극단적인 선택을 했을 거라는 무언의 암시가 깔렸다. 내가 생각해도 도저히 이해할 수 없는 일이었다.

휴가를 일주일 연장했다. 집에 틀어박혀 이리저리 텔레비전 채널을 돌리다 41번 채널이 눈에 들어왔다. 아파트 내부 광경을 비추는 화면이었다. 거의 움직임이 없었다. 소리마저 거세되어 물속처럼 조용했다. 그전엔 이런 채널이 있는지도 몰랐다. 퇴근하고 집에 들어오면 늘 잠자기 바빴고 출장을 다니느라 느긋하게 텔레비전을 볼 여유가 없었다. 어쩌다 시간이 나더라도 밖에서 보내는 시간이 더 많았다. 나는 아내 덕에 한 번도 누려 보지 못한 호사를 누리는 셈이다.

아무 소리도 듣고 싶지 않았다. 냉장고 돌아가는 소리나 휴대전화 진동음, 시계의 째깍거림마저도 거슬렸다. 나는 방마다 걸려 있는 시계 건전지를 빼고 휴대전화마저 꺼버렸다. 가장 귀에 거슬리는 것은 냉장고 소음이었다. 낡고 오래된 냉장고는 3분에 한 번씩 모터 돌아가는 소리가 났다. 냉장고를 꺼버리고 싶었지만, 아내가 떠나면서 마지막으로 채워놓은 반찬들로 가득 차 있어 전원을 끌 수가 없었다. 크고 작은 반찬 통에는 아들과 내가 몇 달을 먹어도 부족함이 느껴지지 없을 정도로 채워져 있었다. 자로 잰 듯 반듯하게 정리된 냉장고 속을 바라보던 순간, 나는 장례식장에서도 흘리지 않았던 눈물을 하염없이 쏟고 말았다. 아내는 멸치를 손질하고 부추와 깻잎을 다듬으며 무슨 생각을 했을까. 아들과 내가 자신이 만들어 놓은 음식을 맛있게 먹을 거라고 생각했을까. 아내는 우리 부자가 좋아하는 깻잎장아찌에 유독 신경을 많이 쓴 티가 났다. 여느 때보다도 맛있었다. 나는 하얀 쌀밥 위에 양념이 잘 밴 깻잎 한 장을 올려 먹으면서 조금 울고 말았다.

아침에 눈 뜨면 41번 채널을 잠이 들 때까지 켜놓는다. 깜빡 잠이 들거나 오랫동안 화장실에서 볼일을 보고 나왔을 때도 텔레비전 화면은 정지화면처럼 그대로다. 놀이터에는 여전히 사람들이 보이지 않았고 주차장에 줄지어 선 차들이 직사각형 틀에 얌전히 들어앉았다.

놀이터는 아이들이 학교나 유치원에서 돌아올 때까지 빛의 차지다. 햇빛에 달아오른 모래가 흑백화면 속에서도 하얗게 빛이 난다. 모래의 따뜻함이 전해져오는 듯하다. 맨발로 모래를 지그시 밟고 걸어 다니면 고운 모래가 발가락을 간질이고 햇빛이 내 발등을 따뜻하게 내리쬘 것이다.

전화벨 소리가 흙탕물을 일으키듯 집안을 휘저어 놓는다. 집 전화기 코드를 빼놓는 걸 깜빡했다. 나는 몸을 일으키다 말고 다시 주저앉는다. 전화가 제풀에 끊기기를 기다린다. 한참 울다 말고 자동응답기로 철컥, 넘어간다.

"아빠 휴대폰이 꺼져 있네요. 기숙사비가 안 들어왔어요.

이번 주까지 내야 하는데……."

아이는 잠시 말을 끊더니 들릴 듯 말 듯 숨을 삼킨다.

"아빠가 옆에 있어서 다행이에요. 시험 기간이라 이번 주는 못 가고 다음 주에 내려갈게요."

아들의 뜬금없는 고백에 마음이 아프다. 올해 고등학교에 입학한 아들은 장례를 치르고 나서 기숙사로 돌아갔다. 누구보다도 엄마의 빈자리가 컸을 텐데 아들은 의젓했다. 갑작스러운 아내의 죽음에 무방비상태였던 나는 장례식 내내 정신이 반쯤 나가 있었다. 아무리 생각해도 어떤 기미나 언질도 없이 떠나는 것은 반칙이고 배신이라는 생각밖에 들지 않았다.

아들이 과학고등학교에 입학해 기숙사에 들어가자 아내는 한결 여유로워 보였다. 오롯이 자신을 위해 시간을 쓸수 있게 됐다며 오랫동안 덮어두었던 피아노 뚜껑을 열었다. 피아노는 윤기가 날 정도로 반질거렸다. 다시 피아노 앞에 앉은 아내의 모습은 무척 들뜨고 행복해 보였다. 거칠던 피아노 음이 차츰 바람결에 흩날리는 나뭇잎처럼 부드러워지고 피아노 선율에 따라 움직이는 아내의 뒷모습마저도 행복해 보였다. 대부분 초보자가 치는 간편한 소품곡이지만 오랫동안 치지 않은 솜씨치고는 제법이었다. 보름 정도 출장을 갔다 돌아왔을 때, 아내는 자신이 연습한 곡이라며 녹음해 들려주기도 했다.

그런 아내가 어느 날부턴가 피아노를 치지 않았다. 손가락이 붓고 아파서 잠시 쉬는 중이라고 했다. 나는 피아노 건반을 톡톡 두드리며 갑자기 피아노를 많이 쳐서 손가락이 놀란 거 아니냐며 짓궂게 물었다. 아내는 내 말에도 손가락을 매만지며 대답이 없었다. 걸레질하거나 설거지할 때 손가락 마디 통증이 심하다고 했을 때도 나는 대수롭지 않게 대답했다. 당신답지 않게 웬 투정이야, 대충해. 이제 따라다니며 챙겨 줄 아들도 없잖아. 무심하게 내뱉었던 말 한마디가 아내에게 얼마나 상처를 주었을지 그때는 미처 생각하지 못했다. 아내는 그전부터 손가락을 쓸 수 없을 만큼 통증이 심하면서도 나에게는 한마디 말조차 하지 않았다. 나는 아내가 죽고 나서 루퍼스 환자라는 걸 알게 되었다. 그것도 옆집에 사는 여자를 통해서. 약사인 친구가 700여 가지의 통증이 나타난다는 루퍼스 병에 대해 자세한 설명을 해주었다. 친구는 그동안 집사람이 아픈 것도 몰랐느냐며 나를 나무랐다.

"그래도, 죽을 만큼 아픈 건 아니잖아?"

나는 악을 썼다. 누구에게라도 화풀이하지 않으면 못 견딜 것 같았다. 친구는 심하면 책장을 넘기거나 자리에서 일어나는 것조차 힘들다고 했다. 피아노를 못 칠 정도로 아프면서도 나에게는 말 한마디 하지 않은 아내가 야속했다. 내가 그렇게 못 미더웠나. 내가 뭘 그렇게 잘못했나.

결혼식을 앞두고 아내는 자신의 꿈이 무엇인지 아느냐며 수줍게 물은 적이 있었다. 서른을 넘긴 여자가 자신의 꿈에 대해 말하는 것이, 지하 백오십 미터 암반수에서 퍼 올린 물처럼 맑고 청량하게 느껴졌다. 꿈이 뭔데? 나는 그 나이에도 꿈을 간직하고 있다는 것이 어쩐지 어울리지 않아 장난스럽게 물었다. 피아노 치는 사람. 예상이 빗나간 말에 나는 큰소리로 웃고 말았다. 2년 동안 연애하면서 아내가 피아노를 치는 것을 본 적이 없었다. 더구나 집에는 피아노도 없었다. 봐, 당신도 비웃잖아. 남들이 비웃을 것 같아서 아무에게도 피아니스트가 꿈이라는 말은 하지 않았어. 나는 나이가 들어서도 꿈을 간직하고 살아가는 아내가 사랑스러워 자꾸 웃음이 나왔다. 그날 아내는 말이 많았다. 자신의 이야기를 가장 많이 한 날이기도 했다. 딸만 셋인 집안에 막내인 아내는 아버지의 얼굴도 모르고 태어난 유복자라는 사실을 그때 처음 알았다.

통닭집에 불이 났어. 문 닫을 시간이 다 돼 주문이 들어왔거든. 시커먼 기름 솥에서 기름이 부글부글 끓어오르는데 난 옆에선 배고프다고 보채기만 했어. 정신이 없던 엄마는 라면 물을 올려놓은 것도 모르고 급한 마음에 닭을 튀기

14

다 기름이 얼굴에 튀었어. 놀란 엄마가 뒷걸음치다 그만 팔꿈치로 냄비를 치고 말았어. 물이 기름 솥으로 쏟아지고 사방으로 기름이 튀어 올랐어. 순식간에 옆에 있는 포장지로 불이 옮겨붙고 말았어. 엄마는 자신의 옷에 불이 붙은 것도 모르고 끄느라 정신이 없었어. 내가 빨리 119에 전화해 다행히 불은 크게 번지지 않았지만 엄마의 얼굴과 손등엔 크게 화상을 입었어. 며칠 가게 문을 닫았어. 엄마는 매일 밤 술을 마셨어. 그런 엄마를 보며 나는 죄책감에 시달리다 잠들곤 했어. 내가 배고프다고 보채지만 않았더라면…… 잠을 자는데 숨이 막힐 듯 목이 조여왔어. 눈을 떠보니 엄마가 내 목을 조르고 있더라. 엄마의 눈에 비친 내 얼굴이 보였어. 정신이 아득해질 때 열린 창문으로 피아노 소리가 들렸어. 난 피아노 소리를 들으며 다짐했지. 여기서 죽지 않고 살아난다면 나중에 커서 꼭 피아니스트가 되겠다고. 때마침 내 목을 누르던 엄마의 손힘이 스르르 풀렸어. 엄마는 자식에게 몹쓸 짓을 했다며 나를 안고 우는데 내 머릿속은 온통 피아노 생각뿐이었어. 피아노학원 보내주면 안 돼? 난 엄마에게 물었지. 갑작스러운 질문에 당황한 엄마는 그래, 그래 보내줄게, 보내주고말고 하면서 내 목을 쓰다듬었어. 엄마는 약속대로 나를 상가에 있는 피아노학원에 보내주었어. 비록 5개월밖에 다니지 못했지만 그래도 난 행복했어.

내가 돈 벌어서 배우면 되니까. 하지만 사는 게 바쁘니까 그것도 마음대로 안 되더라.

나는 아내가 죽기 전까지도 피아니스트 꿈이 유효한지 궁금하다. 못다 이룬 꿈을 위해 나는 아내에게 피아노를 사주었다. 커다란 피아노는 신혼집과는 어울리지 않았다. 아내가 내 앞에서 처음으로 연주한 곡은 '엘리제를 위하여'였다. 그 곡은 아내가 죽음의 문턱에서도 들었던 곡이기도 했다.

주인을 잃은 피아노는 아내의 시신을 안치한 관 같다. 아내가 쳤던 피아노 소리가 귓전에서 끊임없이 맴돈다. 집안의 경계를 허물며 점점 거칠어진다. 나는 피아노 소리를 털어버리기라도 하듯 세차게 머리를 흔든다. 라라라라 라라라라 라라라라 라라라라…… 끊임없이 선율이 파고든다. 슬픔이 파도처럼 밀려온다. 아내가 떠나기 전, 슬픔을 이겨내는 방법이라도 알려주었더라면 덜 힘들었을까.

아내는 아들과 내 앞으로 짧은 유언을 남겼다. 그것도 메모지가 아닌 손바닥에. 메모지가 없는 것도 아닌데 굳이 손바닥에 썼을까. 오른쪽 손바닥엔 나에게, 왼쪽 손바닥엔 아들에게 썼다. 아들에게 쓴 유언은 나에게 쓴 것보다 길었다. 아들을 두고 떠나는 것이 마음에 걸렸는지 구절구절 애틋한 마음이 묻어났다. 새로 사귄 여자 친구를 못 보고 가서 미안하다고, 항상 곁에서 너를 지켜주겠노라고 했다. 난 아들에게 여자 친구가 있는지도 몰랐다. 손바닥에 꾹꾹 눌러 쓴 글자는 띄어쓰기가 제대로 안 돼 읽기가 힘들었다. 특히 나에게 쓴 글은 왼손으로 쓴 탓인지 읽는 데 애를 먹었다. 손금이 지나가는 곳이나 움푹 팬 곳에는 두 번씩 눌러쓴 흔적이 또렷했다. 메모지를 놔두고 손바닥에 유언을 쓴 것은 자신의 마지막 흔적조차 깨끗이 불태워지기를 바랐던 것은 아닐까.

나에게 쓴 유언은 이게 유언이 맞나 싶을 만큼 일상적이었다. 보험 담보 대출받았으니 갚아달라거나 옆집 여자에게 빌린 훌라후프를 돌려주라는 말이 전부였다. 어디에도 나를 걱정하거나 먼저 가서 미안하다는 말 한마디 없었다. 나를 한 번이라도 생각했더라면, 대출이나 빌린 훌라후프의 돌려주라는 말을 하기 전에 적어도 미안하거나 고마웠다는 말 한마디 정도는 하는 게 순서가 아닐까.

보험회사에 전화를 걸어 대출을 확인했다. 오백만 원이라는 큰돈을 내가 출장 간 사이에 대출을 받았다. 그 돈을 어디로 흘러갔는지 안 봐도 뻔했다. 장모의 주머니 속으로 고스란히 흘러 들어갔을 것이다. 출장 준비로 정신없을 때 아내는 흘리듯 장모 이야기를 꺼냈다. 엄마가 안마기 하나 있었으면 하던데. 작년에 다친 허리의 통증이 다시 도졌나 봐. 흙 침대 사준 지 얼마 안 됐잖아? 나도 모르게 언성이 높아졌다. 장모는 끊임없이 무언가를 요구했다. 다른 자식 앞에서는 멀쩡하다가도 아내 앞에서는 늘 어딘가 아프거나 요구 사항이 많아졌다. 아내는 장모의 말에 번번이 속아 넘어갔다. 그럴 때마다 몇 번 다투기도 했었다. 장모에게 아내는 버튼만 누르면 자동으로 돈이 나오는 현금 인출기였다. 나 몰라라 하는 처형들은 늘 돈이 들어갈 때마다 잔액이 부족하거나 에러가 났다.

장례를 치른 지 이틀도 지나지 않아 장모에게서 전화가 왔다. 잇몸이 내려앉아 음식을 씹지 못해 장례식장에서 사흘 내내 육개장 국물만 떠먹었다고. 딸의 장례를 치른 부모의 입에서 나올 말인가 싶었다. 더구나 사위인 나는 물 한 모금 넘기지 못하고 힘들어하는 걸 봤으면서도 그런 말을 했다. 나는 말도 섞기 싫어 모바일 뱅킹으로 돈 오백만 원을 이체했다. 그 돈이 딸의 장례를 치르고 남은 부좃돈이라는 걸 장모도 모르지 않을 것이다.

그나저나 훌라후프를 어떻게 돌려주나. 아직 아무렇지 않은 얼굴로 이웃들을 마주할 자신이 없었다. 더구나 아내와 가장 친했던 옆집 여자를 볼 용기가 더더욱 나지 않는다. 아내를 통해 청소업체를 한다는 여자의 남편이 일이 있을 때보다 없는 날이 더 많아 힘들어한다는 것을 들은 적이 있었다. 아내가 가끔 화장품 샘플이나 생필품을 챙겨 주는 걸 알면서도 나는 모른 척했다.

장마가 온 도시를 휩쓸고 지나가던 날 밤, 퇴근길에 집 앞에서 옆집 여자와 마주쳤다. 비를 맞으며 외출에서 돌아오던 여자가 나를 발견하고 내 우산 속으로 불쑥 들어왔다. 내가 당황해하자 여자가 배시시 웃으며 말했다.

"이 스카프 때문에……."

그제야 여자의 목을 감싼 스카프가 눈에 들어왔다. 내가 아내에게 선물한 스카프였다. 여자는 외출하는데 문호 엄마가 목이 휑해 보인다며 자신이 두르고 있던 스카프를 풀어 둘러주었다고 했다.

"어때요, 나한테도 잘 어울리죠?"

나는 마지못해 아, 네. 하면서 겸연쩍게 웃었다. 집으로 돌아와 아내에게 스카프 이야기를 꺼냈다. 아내는 아무렇지도 않게 대답했다. 외출하는데 너무 썰렁해 보여 매주었다고, 뭘 해줘도 아깝지 않은 친구라고 했다.

"그 스카프까지 준 건 아니지?"

나는 두바이 공항에서 산 장미 무늬 스카프가 생각나 물었다.

"그럴 리가. 그게 어떤 스카폰데."

아내는 걱정하지 말라는 듯 눈을 찡긋거렸다. 그녀는 목

주변이 예민했다. 어렸을 때의 기억 때문인지 목이 깊게 파이거나 조금만 드러나도 허전해했다. 한여름에도 목까지 올라오는 티셔츠를 입거나 자주 스카프로 감쌌다. 아내가 유일하게 사치를 부리는 것은 스카프였다. 마음에 드는 것이 있으면 앞뒤 재지 않고 사버렸다. 그렇게 산 스카프가 수십 장이 넘었다. 외출할 때도 옷을 고르는 시간보다 스카프를 고르는 시간이 더 오래 걸렸다. 옷에 어울리는 스카프가 없다며 새치름한 표정을 짓는 아내를 보며, 저 사람이 왜 저러지, 싶을 때가 한두 번이 아니었다. 스카프 하나에 유난을 떠는 아내가 낯설면서도 한편으로는 이해가 갔다.

그래서인지 나도 스카프를 보면 그냥 지나치지 못했다. 나이지리아에 출장을 갔다가 경유지인 두바이 공항 면세점에서 장미무늬 스카프를 발견했다. 늘 파리를 경유하다 두바이 공항은 처음이었다. 석유로 부를 이룬 나라답게 어딜 가나 휘황찬란한 불빛이 쏟아졌다. 동료에게 줄 양주를 사러 갔다가 마네킹이 두르고 있는 스카프가 눈길을 사로잡았다. 무엇보다도 시선을 끈 것은 큰 장미꽃잎 속에 숨어 있는 작은 꽃잎이었다. 그 꽃잎은 사람이 숨어서 훔쳐보는 것처럼 은밀하고 유혹적이었다. 아내에게 잘 어울릴 것 같았다. 마침 곧 아내의 생일이기도 해 이래저래 좋은 기회였다.

생일날 아침 나는 화장대 위에 선물을 슬며시 올려놓았

다. 분주하게 오가던 아내가 이게 뭐야, 하는 눈빛으로 나를 올려다봤다. 별 기대감 없이 포장지를 풀던 아내의 입이 장미꽃처럼 함빡 벌어졌다. 예뻐라. 아내가 선물을 받고 좋아하는 모습은 오랜만이었다. 서둘러 스카프를 목에 둘렀다. 거울에 비친 아내의 모습이 멋스러웠다. 장밋빛 스카프는 아내의 까무잡잡한 피부색과 이목구비와도 잘 어울렸다. 스카프 속에 숨어 있는 눈들이 우아한 아내의 모습에 반해 훔쳐보는 것 같았다. 사 오길 잘했다는 생각이 들었다. 한동안 그 스카프만 두르고 다니는 아내를 흐뭇한 눈빛으로 바라보았다. 아내가 마지막 떠나는 날, 그 스카프를 맬 줄 알았더라면 나는 결코 사 오지 않았을 것이다.

나는 빨리 훌라후프를 돌려주기로 했다. 아내가 유서에도 말할 정도면 옆집 여자가 무척 아끼는 물건일 수도 있었다. 울퉁불퉁한 지압봉이 달린 훌라후프는 남자인 내가 들어도 크고 무겁다. 아내는 옆집 여자의 권유로 운동을 시작했다. 내가 밤늦게 돌아왔을 때도 아내는 훌라후프를 돌리고 있었다. 누구에게 맞은 것처럼 옆구리가 멍이 들고 근육통에 시달리면서도 포기하지 않고 꾸준히 운동했지만 그다지 효과가 있는 것 같지는 않았다. 아내는 결국 근육통이 심해져 훌라후프 운동을 중단했다.

나는 거실 한가운데 서서 훌라후프를 돌린다. 커다란 훌

라후프가 한 바퀴 빙그르르 돌더니 그대로 바닥으로 흘러
내린다. 몇 번을 돌려도 마찬가지다. 바닥에 주저앉는다. 나
는 훌라후프의 둥근 원 안에 갇힌다. 두려움이 몰려온다.
어쩌면 아내도 이런 기분이 아니었을까. 늘 원 밖으로 나도
는 나를 원망하면서도 혼자 넓은 거실에서 훌라후프를 돌
렸을 아내를 생각하니 돌기가 가시처럼 옆구리에 박힌다.
나는 오랫동안 둥근 원안에 갇혀 꼼짝달싹하지 못한다. 끝
내 훌라후프를 돌려주지 못했다.

　개 한 마리 얼씬하지 않는 놀이터가 돌연 활기를 띠기 시
작한다. 아이들의 함성이 폭죽처럼 터진다. 아이들 모습은
보이지 않고 웃음소리가 삼 층 베란다 창문을 통해 넘어온
다. 미끄럼틀 원통 안이나 카메라에 잡히지 않는 곳에 숨었
는지 왁자지껄 떠드는 소리만 계속 들린다. 그러더니 원통
형 미끄럼틀 안에서 꼬투리에서 콩이 튀듯 아이들이 톡톡
튀어나온다. 엉덩방아를 찧은 아이들이 다시 우르르 몰려
간다. 카메라 밖으로 사라졌는데도 시끌벅적하다. 나는 소
음을 차단한다. 베란다 창문을 닫고 암막 커튼을 친다.

　설핏 잠이 든 나는 초인종 소리에 눈을 뜬다. 종교단체에
서 나왔거나 가스 검침원을 가장한 잡상인일 것이다. 장례
를 치르고 돌아온 날 멋모르고 문을 열었다가 종교단체에
서 나온 사람들에게 붙들려 낭패를 본 적이 있다. 그들이

돌아간 뒤에 복병처럼 잠복해 있는 소리를 없애버렸다. 초
인종은 어떻게 할 수가 없어 그대로 두었다. 어제도 누군가
가 초인종을 한참 누르다 돌아갔다. 이번에도 제풀에 지쳐
돌아가기만을 기다린다. 집요하다. 문을 열어 줄 때까지 누
를 셈인가 보다. 그 고집스러움에 지고만 나는 결국 문을
열고 만다.

"계셨군요. 문호 아빠가 뭔가 오해하신 것 같아서⋯⋯."

아내가 돌려주라고 했던 훌라후프의 주인이다. 집으로
찾아가지 않아도 훌라후프를 돌려줄 수 있어 반가운 마음
이 든다. 아내도 없는 집에 들이는 게 이상해 나는 현관 앞
에서 여자를 맞이한다. 여자는 내가 자신을 못 들어오게 막
는 줄 알았는지 한쪽 발을 현관 안으로 쓱 밀어 넣는다.

"힘들 때마다 문호 엄마한테 위로를 참 많이 받았어
요. 자주 바닷가로 바람을 쐬러 가 커피도 마시고 밥도 먹
고⋯⋯ 문호 엄마는 내 말을 잘 들어주었어요. 그런데 지금
생각해보면 문호 엄마가 남의 이야기를 들어주기만 했지
자신의 속내를 별로 꺼내지 않았던 거 같아요. 난 그것도
모르고 주절주절 내 이야기만 계속했더라고요. 그래서 문
호 엄마가 그렇게 무서운 생각을 하고 있는지 전혀 눈치채
지 못했어요. 속내를 조금이라도 내보였더라면 진즉에 알
았을 텐데⋯⋯."

나는 아무 것도 묻지 않았는데 여자는 아내의 죽음과 무관하다는 걸 해명하려는 듯 계속 말을 이어갔다. 굳이 찾아와서 이렇게까지 할 필요가 없는데도 그랬다. 어차피 아내도 떠나고 없는 마당에 변명 같은 말을 듣고 싶지 않다. 아내의 죽음이 자신이 앓고 있던 병 때문이 아닐까 짐작은 하고 있었지만, 내가 모르는 또 다른 이유가 있지 않을까 하는 생각이 문득 들었다.

소식을 듣고 병원으로 가장 먼저 달려온 사람도 옆집 여자였다. 아직 장례준비가 안 돼 조문객을 받을 상태가 아니었다. 갑작스러운 아내의 죽음을 받아들일 수 없어 모든 것이 혼란스러웠던 상태였다. 도무지 이해가 되지 않았다. 정말 아내가 그런 무서운 일을 저질렀단 말인가. 혹시 타의에 의한 어쩔 수 없이 죽음을 선택한 것이 아닐까. 별의별 생각이 다 들었다. 내가 의심스러워하자 의사는 정확한 사인을 알려면 부검이 필요하다고 했다. 자신이 좋아하는 스카프로 목을 맨 모습을 두 눈으로 확인했음에도 나는 끝까지 믿기지 않았다. 아무리 생각해도 죽을 이유가 없었다. 적어도 내가 알기로는 그랬다. 그런데 덜컥 가버렸다. 결혼생활이 죽음으로 몰고 갈 만큼 힘들거나 생활고에 시달리지도 않았다. 부부관계도 원만했다. 그런데 왜, 어떤 이유로. 내 머릿속은 계속 의문부호가 떠다녔다.

"문호 엄마, 제발 그냥 보내주시면 안 되나요?"

부검 쪽으로 가닥을 잡아갈 때쯤 그때까지도 자리를 지키고 있던 여자가 말했다.

"부탁드려요. 문호 엄마를 더 이상 아프게 하지 말아주세요. 손가락이 아파서 그 좋아하던 피아노도 못 친걸요."

나는 그때 여자를 통해 아내가 피아노를 못 칠만큼 손가락이 아팠다는 것을, 그것도 단순한 통증이 아니라 루퍼스라는 생소한 병을 앓고 있다는 것을 알게 되었다.

"문호 엄마는 손가락이 아픈 것도 아픈 거지만 피아노 못 치는 걸 더 속상해했어요. 대신 자주 피아노 연주를 들으러 갔어요."

나는 여자의 말에 귀를 기울인다. 아내가 우연히 들어간 카페에서 피아노 연주를 듣고 빠져들었다고. 그 뒤로 내가 출장을 가거나 늦게 들어오는 날이면 자주 그 카페를 찾았다고 했다. 시간 가는 줄 모르고 연주를 듣고 열렬한 팬이 된 아내가 자주 연주자와 어울렸다는 것도 처음 알게 되었다. 문호 엄마는 정말 행복해 보였어요. 그 남자가 '엘리제를 위해서'를 기가 막히게 잘 쳤거든요. 지금까지 자신이 들어본 피아노곡 중에 최고라고 말할 정도로 푹 빠졌어요. 아내가 자신을 감정을 드러내고 좋아했다는 것이 믿기지 않아 내가 놀란 눈으로 바라보자 여자가 당혹스러운 표정을 지으며 변명하듯 늘어놓기 시작한다. 내가 바쁠 때 문호 엄마 혼자 갔을지도 모르겠네요. 내 눈을 피하며 말끝을 흘린다. 집으로 돌아오는 길에 가끔 둘이서 집 앞에 있는 놀이터에서 맥주를 마시기도 했어요. 여자가 말을 돌린다.

"집사람을 마지막 본 건 언제였나요?"

"그날 아침에요."

아내를 마지막으로 본 사람도 여자였다. 음식물쓰레기를 버리고 오다가 일 층 엘리베이터 앞에서 아내를 만났다고 했다. 어딜 나가는지 급하게 나가더라고. 친정엄마가 보내온 채소가 많아 점심때 삼겹살에 쌈을 싸 먹자고 했더니, 봐서 연락할게, 하면서 뛰어가더라고 했다. 보통 때면 어딜 가면 간다고 시시콜콜 얘기하던 사람이 그날은 좀 이상하긴 했어요. 여자가 점심때가 다 되어 전화했지만 받지 않더라고. 그날 집으로 찾아가지 못한 것을 후회했다.

그때 여자가 찾아갔더라면 아내의 죽음을 막을 수 있었을까. 여자와 대화를 하면서도 나는 여자의 목에 두른 스카프에 자꾸 눈길이 간다. 내가 바라보는 걸 느꼈는지 여자는 기하학적 무늬에 검은색 점이 박혀 있는 스카프를 매만지며 말한다.

"아, 이거요? 문호 엄마가 준 거예요. 요즘 이 스카프만 매고 다녀요. 문호 엄마 손때가 묻은 거라 더 손이 가더라고요."

나는 여자가 그만 갔으면 좋겠다는 생각에 잠시 기다리라 하고 훌라후프를 들고나온다. 자신의 키만큼이나 큰 훌라후프를 받아 든 여자가 눈시울을 붉힌다.

"문호 엄마가 이것까지 챙기던가요?"

"집사람이 돌려주라고 하더군요."

"이게 뭐라고, 이런 것까지 챙기는 것 좀 봐."

여자는 훌라후프를 어깨에 걸치며 주머니에서 자신의 전화번호가 적힌 쪽지를 건넨다. 익숙한 전화번호다. 아내의 휴대전화 통화 목록에 가장 많이 통화한 전화번호다. 나와 아들을 합친 것보다 더 많다. 나는 전화번호가 적힌 쪽지를 아무렇게나 구겨 집어던진다.

나는 아내가 다른 남자를 만나고 다녔을 거라곤 생각하지 못했다. 늘 출장으로 바빠 세심하게 신경 쓰지 못한 건 사실이지만, 다른 남자를 만나고 다녔다는 말에 배신감이 든다. 그 사람이 비록 자신이 좋아하는 연주자 일지라도. 여자의 말이 묘하게 신경에 거슬린다. 아내가 혼자 남자를 만나러 갔을지도 모르겠다고 말하는 의도가 무엇일까. 나 몰래 부정이라도 저질렀단 말을 하고 싶었던 것일까.

나는 아내가 만났다던 연주자를 생각한다. 피아노를 치고 싶었던 아내에게 잘 어울린다는 사람이다. 자신의 못다 이룬 꿈을 그 남자를 통해 투영했으리라. 어떤 남자인지 궁금하기도 하고 질투가 살짝 난다. 그 카페가 어디인지 알려면 또 여자에게 연락해야 해야 하는데 그럴 자신이 없다.

나는 41번 채널을 물끄러미 들여다본다. 놀이터가 떠들썩하다. 아이들이 차례대로 그네를 탄다. 발을 굴리며 방범 카메라에 닿을 듯 높이 올라간다. 문득 놀이터에서 맥주를 마시기도 했다는 여자의 말을 떠올리자 아내의 모습이 궁금해진다. 여자의 말대로 놀이터에서 맥주를 마셨다면 방범 카메라에 아내의 모습이 찍혔을 것이다. 그 모습은 내가 보지 못한, 아내의 살아 있는 마지막 모습이기도 하다.

두문불출 나흘 만에 집을 나선다. 복도에서 여자와 마주치면 어쩌나 염려스럽다. 다행히 누구와도 마주치지 않았다. 나에게 일어난 불행을, 동정 어린 시선으로 바라보는 사람들의 눈길이 아직은 부담스럽다.

노인정 지하에 있는 관리실로 내려간다. 무슨 일러 오셨느냐는 직원에게 물음에 나는 곤혹스러운 표정으로 아내의 이야기를 꺼낸다. 여직원은 아파트에서 일어난 불미스러운 사고에 대해 알고 있는지 별말 없이 앉으라고 손짓한다. 촬영한 화면 보관 기간이 한 달 정도라고 했다. 그 정도면 충분하다. 출장에서 돌아온 지 보름밖에 지나지 않아 아내의 모습이 방범 카메라에 찍혔다면 볼 수 있을 것이다. 직원이 저장된 날짜를 찾아 영상을 뒤로 돌리기 시작한다. 화면이 빠르게 지나간다. 낮이 밤으로 이어지고 아이들이 모였다 흩어진다. 가끔 놀이터에서 싸움이 일어나기도 하고 젊은 남녀가 키스하는 장면도 보인다. 하지만 아내의 모습은 좀처럼 나타나지 않는다. 다음 녹화 장면을 빠르게 돌리자 희뿌연 화면 속에 두 명의 여자가 놀이터로 들어오는 모습이 보인다.

"잠깐만요."

내 말에 직원이 손을 멈춘다. 아내와 옆집 여자가 분명하다. 벤치에 나란히 앉은 두 사람은 무엇인가를 꺼내 마시기 시작한다. 여자가 말한 캔맥주인 모양이다. 놀이터에서 술을 마시기엔 너무 늦은 시간이지만 두 사람은 아주 평온해 보인다. 두 사람은 무슨 할 말이 그리 많은지 오랫동안 벤치에 앉아 돌아갈 줄을 모른다. 한참 시간이 흐른 뒤에야 자리를 털고 일어선다. 별다른 징후는 보이지 않는다. 아내의 일이 아니라면 누구도 관심을 가지지 않았을 평범한 풍경이다. 다른 녹화 분 영상에서는 아내의 모습을 찾을 수 없다. 내가 자리에서 일어나려는데 직원이 화면을 가리킨다.

"아까 그분들 같은데요?"

누가 아내인지 화면이 흐릿해 구별되지 않는다. 한 사람은 폴댄스를 추듯 그네 기둥을 잡고 빙그르르 돌고 한 사람은 그네에 앉아 발을 깔딱거린다. 기둥을 잡고 춤을 추는 사람의 머리카락이 물결처럼 이리저리 출렁인다. 몸을 흔들며 방범 카메라 쪽으로 다가온다. 흐릿한 얼굴 윤곽이 또렷해진다. 원피스에 카디건 차림이다. 아내가 자주 입는 옷 스타일이다. 바닷속의 수초처럼 이리저리 몸을 흔드는 모습이 슬프면서도 아름답다. 신발을 벗어 던지고 계속 춤을 춘다. 돌부리에 걸렸는지 휘청거린다. 그네에 앉아 있던 여자가 달려와 아내를 일으켜 세운다. 아내가 쓰러지듯 여자에게 안긴다. 두 사람은 부둥켜안고 다시 춤을 춘다. 나는 화면을 뚫어지게 바라본다. 부부 동반으로 노래방에 갔을 때도 아내는 나와는 블루스조차 추지 않았다. 옆집 여자의 품에 안겨 춤추는 아내의 모습이 낯설다. 아내의 몸은 슬픔으로 가득 찬 씨방 같다. 툭 건드리면 눈물이 주르륵 흘러내릴 것 같은. 한참을 춤을 추던 두 사람은 가방을 챙겨 걸어나간다. 평소에 볼 수 없었던 아내의 모습에 당혹감을 감추지 못한 채 멍하니 화면을 지켜보는데, 그때 누군가 다시 화면 속으로 뛰어든다. 아내다. 그네에 올라탄다. 다리에 잔뜩 힘을 주고 굴린다. 그네가 높이 치솟는다. 화면 가득 아내의 얼굴이 비친다. 나는 순간, 놀라 몸을 뒤로 젖힌다. 아내가 방범 카메라를 향해 무슨 말인가를 중얼거린다. 나는 모니터에 귀를 가까이 갖다 댄다. 아무 소리도 들리지 않는다.

몇 번을 되돌려 봐도 무슨 말을 하는지 알 수가 없다.

"외롭다고 말하는 것 같은데요."

나는 옆을 돌아본다. 여직원은 학교 다닐 때 수화동아리에서 활동했다며 입 모양을 보면 무슨 말을 하는지 어느 정도는 알 수 있다고 한다. 그녀가 아내의 입 모양을 따라 한다. 나도 여직원이 말한 대로 입 모양을 흉내 낸다. 아내의 입 모양과 비슷하다. 방범 카메라에다 대고 외롭다고 말하는 아내를 보자 심장이 날카로운 가시에 찔린 것 같다. 꼭 나에게 하는 말 같다. 아내는 내가 방범 카메라에 찍힌 자신의 모습을 보게 되리라는 걸 미리 알고 있었던 건 아닐까. 그것도 새벽 02:09 분에 출장지에서 한창 바쁘게 일하고 있을 때 아내는 외롭다고 방범 카메라를 향해 털어놓았다.

나는 소파 밑에서 쪽지를 찾아 여자에게 전화를 건다. 전화를 받은 여자가 당황한 듯 말을 더듬는다. 아이의 울음소리와 고함을 지르는 남자의 목소리가 뒤엉킨다. 여자는 다시 걸겠다며 황급히 전화를 끊는다. 전화기에 온 신경이 쏠린다. 한참 만에 걸려온 전화는 여자가 아니라 회사 담당부장이다. 내가 휴대전화를 받지 않자 집 전화로 다시 건다. 내가 끝까지 전화를 받지 않자 자동 응답기로 넘어간다.

정명준 씨! 가라앉은 목소리로 내 이름을 부른 담당 부장은 한동안 말이 없다. 깊은 한숨을 내쉬며 천천히 말을 잇는다. 잘 있는가? 뉴스 봐서 알겠지만 또 일이 터졌네. 이번에 윤 과장이 무장괴한들로부터 습격당했어. 우리 직원이 일행들과 보트를 타고 이동하다가 대퇴부에 총을 맞았대. 감독관과 경비요원도 죽었어. 의당 내가 가야 하는 건 맞지만 여기 일이 급해 자리를 비울 수가 없네. 명준 씨가 좀 다오면 안 되겠는가. 알아. 큰일 치른 지 얼마 안 된 사람에게 이런 부탁하는 게 염치없다는 거. 얼마나 급했으면 내가 전화를 다 했겠는가. 오늘 안으로 연락 좀 주게.

본사에서 나이지리아에 원유저장설비 공사 중이다. 공사 현장이 철조망으로 외부와 철저히 차단됐다. 하지만 언제 무장 강도가 침입할지 모를 정도로 치안이 취약하다. 아무리 조심한다고 해도 사고는 언제든지 발생한다. 말로만 듣던 아프리카에 처음 가는 나에게 부장이 안전을 당부했다. 왜 그런 말을 했는지 아프리카에 다녀오고 나서야 실감할 수 있었다. 위험하고 끝없는 긴 여정이었다.

여자에게서 밤늦은 시간에 전화가 걸려 왔다. 내가 낮에 관리사무소에 가서 방범 카메라를 확인했다고 하자 여자가 당황해한다. 두 사람이 술을 마시고 춤을 추는 모습 봤다고 하자 여자는 말이 빨라진다.

"문호 엄마가 보기보다 즉흥적이더라고요. 난 문호 엄마가 이끄는 대로 따라서 움직였어요. 어찌나 몸이 유연하고 춤을 잘 추든지 놀랬다니까요."

　그 상황에서도 아내를 깔보며 무시하는 듯한 여자의 말투가 거슬린다.

　"문호 엄마가 그네를 타면서 무슨 말을 하던데, 혹시 무슨 말을 했는지 들었나요?"

　"뭐라고 했는데요. 그날 둘 다 좀 취해서 기억이 안 나요."

　"집사람은 한 모금만 마셔도 얼굴이 빨개지는데, 취할 정도로 마셨다고요?"

　"모르시나 보네요. 문호 엄마 보기보다 술 세요. 그날도 혼자 두 캔을 마셨는걸요."

　여자는 아내가 보기보다는 술을 잘 마신다는 말을 되풀이한다. 모든 것을 아내의 잘 못으로 돌리며 교묘하게 빠져나가려는 것처럼 보인다. 내가 아는 아내는 술을 못 마신다. 한 잔만 마셔도 얼굴이 빨개진다. 언제부터 술을 마시기 시작했는지 물으려는데 여자가 빨리 끊어야 한다며 얼른 전화를 끊어 버린다.

　자정이 넘어 어디서 싸우는지 시끄럽다. 조용해지는가 싶더니 우당탕 부서지는 소리와 복도를 후다닥 뛰어나가는 발소리가 들린다. 누 떼가 지나가는 것처럼 전력 질주로 달린다. 너, 빨리 안 들어와! 복도 끝에서 남자의 목소리가 쩌렁쩌렁 울린다.

복도가 다시 조용해진다. 나는 이불 속으로 들어간다. 빨리 잠들고 싶은 생각뿐이다. 잠이라도 자야 악착같이 달라붙는 생각을 떨쳐버릴 수가 있다. 아무래도 잠들기는 틀린 모양이다. 느닷없이 놀이터에서 흐느끼는 여자의 울음소리가 들린다. 꼭 악몽을 꾸고 있는 것 같다. 베란다로 나가 봤지만 어두워 잘 보이지 않는다. 그때 채널 41번이 생각났다. 텔레비전을 켜자 그네에 앉아서 울고 있는 여자의 모습이 보인다. 여자가 고개를 들어 방범 카메라를 힐끔거린다. 그네에 앉아 있던 여자가 일어나더니 화면 밖으로 사라진다.

모든 소리가 사라지고 세상이 고요하다. 잠을 청하려는데 느닷없이 현관문 두드리는 소리에 놀라 잠이 깬다. 문을 열자 여자가 맨발로 현관 앞에 서 있다.

"안 주무셨죠? 왠지 안 자고 있을 것 같았어요."

여자는 잠깐 들어가도 되느냐고 묻더니 내가 대답도 하기 전에 안으로 쑥 들어온다. 남자 혼자 있는 집에 찾아오기는 늦은 시간이다. 이른 시간인가. 여자의 발가락 사이에서 모래가 뚝뚝 떨어진다.

"남편이 잠들면 들어가려고 했는데 아직도 안 자고 있나 봐요."

싸우고 집을 나오면 여자들은 갈 데가 없다며 이럴 때 여자들만 갈 수 있는 전용 술집이 있으면 좋겠다고 말한다. 아까 전화 통화하는 걸 남편이 들었는지 누구냐며 꼬치꼬 치 캐묻길래 문호 아빠라고 했는데도 믿지 않더라며 한숨 을 내쉰다. 안경 낀 눈매가 매서운 옆집 남자와 복도에서 몇 번 마주친 적이 있지만 서로 대화를 나눈 적은 없다.

여자가 지나간 자리에 모래가 떨어져 서걱거린다. 자신 의 발밑에 떨어진 모래를 본 여자가 미안했던지 발 좀 씻고 나오겠다며 화장실로 들어간다. 스스럼없이 행동하는 여자 가 불편하다. 아내가 있을 땐 파전이나 멸치볶음 같은 음식 이 담긴 접시를 들고 수시로 드나들었지만 이제 남자 혼자 있는 집에 밤늦게 찾아오는 건 실례다. 발을 씻고 나온 여 자의 몸에서 허브향이 진동한다. 아내가 만든 천연비누 향 이다. 피부 트러블이 심한 아내는 비누를 만들어 썼다. 남 들에게는 그저 손이나 발을 씻는 한 덩어리 비누 조각에 불 과했지만, 아내에게는 어느 것보다 귀한 비누다. 나는 애써 불쾌한 표정을 감추고 따뜻한 차를 내놓는다. 여자는 찻잔 을 감싸며 느닷없이 울음을 터뜨린다.

"문호 엄마가 보고 싶어요."

새벽에 남의 집에 찾아와 우는 여자를 어떻게 달래 줘야 할지 난감하다. 나는 묵묵히 여자가 울음을 그치기를 기다 린다. 여자가 울음을 그치자 나는 조심스럽게 방범 카메라에 대해 말을 꺼낸다. 아내가 거기에 대고 무슨 말을 했는지 정말 모르겠느냐고.

"기억 안 나요. 무슨 말을 하던가요?"

"입 모양만으로 봐서는 외롭다고 말하는 것 같았어요. 나한테 하는 말 같기도 하고."

"그거 녹화 됐어요? 우린 녹화되는지 몰랐어요. 요즘 가짜도 하도 많아서. 문호 엄마가 이겼네요. 진 사람이 커피 사기로 했었거든요."

여자는 차를 한 모금 마시더니 찻잔을 빙그르르 돌린다. 아내가 놀이터에서 빙글빙글 돌며 춤을 잘 추더라고 말하는 여자를 나는 물끄러미 바라본다.

"내가 문호 엄마를 많이 의지했어요. 좋아하기도 했고요."

여자는 앞뒤가 맞지 않는 엉뚱한 대답을 늘어놓는다. 나는 냉장고에서 물을 꺼내 마시며 마음을 진정시키려고 애쓴다. 일그러진 표정을 본 여자가 내 눈치를 살피며 멋쩍게 웃는다. 외출을 즐기는 편이 아닌 아내는 여자가 이사 온 뒤 자주 밖으로 나돌았다. 가끔 전화를 걸어 뭐하냐고 물으면 여자와 쇼핑하거나 밥을 먹고 있었다. 나는 자주 집을 비우는 아내를 향해 농담처럼 말한 적이 있었다. 두 사람이 사귀어? 너무 붙어 다니는 거 아냐. 별 듯 없이 한 말이었다. 그러나 아내는 웃지 않았다.

"문호 아빠 오해하지 마세요. 그냥 친구로 좋아했다는 뜻
이에요."

여자는 못 할 말을 꺼내기라도 한 것처럼 당황해하며 서
둘러 사라진다.

붙박이처럼 소파에 앉아 있던 나는 휘청휘청 집을 나선
다. 집에서 놀이터까지는 삼 분도 채 걸리지 않는다. 신고
있던 슬리퍼를 벗어 던지고 맨발로 모래를 지긋이 밟는다.
모래가 촉촉하다. 발바닥에서 느껴지는 감각이 정수리까지
이어진다.

나는 그네에 앉는다. 까치발로 뒷걸음치다 힘을 모아 발
을 앞으로 쭉 뻗는다. 휘청, 그네가 흔들리며 허공에서 미
끄러진다. 엄지발가락에 힘을 주고 무릎을 세차게 굴린다.
팔을 당겼다가 펴자 속도가 붙기 시작한다. 그네가 커다랗
게 호를 그리며 날아오른다. 어지럽다. 바람이 등나무를 휘
감으며 불어올 때마다 그네가 요동친다. 방범 카메라가 설
치된 등나무를 올려다본다. 나는 카메라를 향해 얼굴을 들
어 올린다. 내 얼굴이 화면 가득 비칠 것이다. 어쩌면 아내
가 보고 있을지도 모른다는 생각에 더 높이 그네를 띄운다.
바람이 내 등을 밀어준다. 그네가 방범 카메라에 가까이 다
가간다. 나는 크게 입을 벌린다.

외. 로. 워.

심해 아귀

비가 오나 봐. 빗소리가 들리네. 여기 들어올 때 벚꽃이
막 피기 시작하더라. 난 작고 여린 것들만 보면 눈물이 나.
저 여린 꽃잎이 비에 젖을까 봐 걱정돼. 이 험한 세상을 어
떻게 견디나 싶어…… 비가 빨리 그치면 좋을 텐데. 그래
도 다행이지 뭐야, 봄 한 철 잠깐 피었다가 지잖아. 천지 사
방에 미친 듯이 꽃이 필 때면 왠지 모르게 무섭다는 생각이
들어. 언닌, 안 그래? 저 여린 것들이 한번 살아 보겠다고
얼마나 탐욕스럽게 피는지.

　그 인간하고 연애할 때도 그랬어. 마약에 중독된 것처럼
그 사람에게 취해서 살았거든. 마약을 해봤냐고? 언니도,
참. 그걸 꼭 해 봐야 아나. 그땐 뭐가 씌었던 거지. 며칠 안
보면 미칠 것 같았거든. 나도 참 요란한 연애를 했다 싶어.
잠을 안 자도 피곤한 줄 모르고 굶어도 배가 고픈지 몰랐으

니까. 무모하고 맹목적인 사랑이었어. 그땐 그 남자밖에 몰랐거든. 그럴 만했다고? 언니, 꼭 해본 사람같이 말하네. 지금 생각하면 남편을 만나 연애한 시절이 한철 찬란하게 피었다가 속절없이 지는 벚꽃처럼 허망하게 느껴져. 꽃은 어차피 피고 지는데…….

내 미친 사랑도 거기까지였나 봐. 그때 멈췄으면 이런 일도 없었을 텐데. 난 남자 보는 눈이 왜 이렇게 없는지 몰라. 처음 결혼했을 때도 그랬거든. 부모님 반대가 심했어. 결혼을 두 번씩이나 했냐고? 그러게. 언니는 한 번도 못 해본 결혼을 난 두 번씩이나 했네. 부럽다고? 지금 나 비웃는 거지? 내가 왜 여기에 들어왔는지 알면서 그런 말을 하면 어떡해. 그 인간을 만나지 않았더라면 내가 여기까지 오는 일은 없었을 거야. 아무것도 하지 않으면 아무 일도 일어나지 않는다는 말이 있잖아. 애당초 그 인간을 만나지 말았어야 했어.

고등학교 때 사귀던 남자와 사고 쳐서 일찍 결혼이라는 걸 했어. 어린 나이에 뭘 알겠어. 아무것도 모르고 마냥 좋기만 했지. 꼴에 의처증까지 있다는 걸 누가 알았겠냐고. 사귈 때도 종종 다른 남자친구들과 이야기를 나누거나 어울리면 질투를 하긴 했지만, 그땐 그게 다 사랑이라고 생각했거든. 결혼하고 나서 그 증세가 점점 심해지더라. 친구들과 통화를 해도 누구냐고 꼬치꼬치 캐묻고 외출했다가 귀가 시간이 조금만 늦어져도 시도 때도 없이 전활 해댔어. 내 생활은 없고 모든 것이 감시당하는 기분이었어. 정말 친구들이랑 커피 한 잔도 마음 편하게 못 마셨다니까. 대화에 끼지도 못하고 휴대폰을 붙잡고 안절부절못하는 나를 보고 친구들이 빨리 들어가라고 등을 떠밀 정도였으니까 말 다 했지 뭐. 난 그렇게 친구들과도 멀어졌어. 능력이라도 좋으면 말도 안 해. 백수 주제에 그랬다니까. 언니 같으면 그런 인간하고 살 수 있겠어? 그렇게 이혼했으면 신중해야 했었는데 또 부모 말 안 듣고 덜컥 결혼했다가 내 신세 오지게 조졌지 뭐.

그 인간은 나보다 다섯 살이나 어렸어. 나 좋다고 따라다니길래 저러다 말겠거니 했거든. 무슨 자신감인지 내 얘기를 다 했는데도 자기가 책임지겠다며 큰소리치더라. 자기한테 있는 전 재산을 나한테 다 주겠대. 그래서 난 돈 좀 있는 줄 알았거든. 그런데 돈은 개뿔, 얼마 있었는지 알아? 천만 원. 그것도 70만 원이 모자라는 천만 원이었어. 자신의 전 재산을 털어서 줬다며 뿌듯해하는데 기가 차서 말이 안 나오더라. 그때라도 아버지 말을 들었어야 했어. 아버지가 그랬거든. 그 사람 눈빛에서 진심이 안 느껴진다고. 말이 너무 번드르르하대. 말 많은 남자치고 제대로 된 놈 못 봤다고 그렇게 입이 닳도록 말했었는데.

막상 결혼하니까 아버지 말이 맞더라. 사는 게 만만찮았어. 가난이 대문 열고 들어오면 사랑은 창문을 열고 도망친다는 말, 그 말이 맞았어. 난 부모님이 알면 속상해하실까 봐 말도 못 하고 악착같이 버티며 살았어. 더구나 두 번째 결혼이잖아. 집 근처에 있는 자동차 시트 납품업체에 다니며 생활비를 벌었어. 일이 일정하지 않아 바쁠 땐 밤 9시나 10시까지 잔업을 하기도 하고 일감이 없을 땐 대책 없이 기다려야 했지만 통장에 돈이 차곡차곡 쌓이는 재미로 열심히 다녔어. 근데 혼자 아무리 살아 보겠다고 발버둥 치면 뭐하냐고. 그 인간이 결혼한 지 일 년도 안 돼 다니던 회사를 때려치우더라. 조경회사에서 조경디자이너로 일했는데 회사에서 인부처럼 맨날 땅 파고 나무 심는 일만 시킨다고 그만뒀어. 남자들은 나하고 결혼만 하면 그만두는 걸까. 처음엔 여기저기 일자리를 알아보는 것 같더니 나중엔 아예 손을 놓더라.

그러더니 회사 다닐 때보다 더 열심히 꼼작거리며 바쁘게 살긴 했어. 언니, 프라모델이라고 들어봤어? 왜 헬리콥터나 로봇 조립하는 거. 그거 애들이 가지고 노는 장난감 아니냐고? 나도 처음엔 그런 줄 알았지. 다 큰 어른이 그런 걸 가지고 놀 거라곤 생각도 못 했거든. 하루 종일 살이 쪄

서 출렁거리는 허연 배를 드러내 놓고 작은 부품을 조몰락거리고 앉아 있는 모습을 보고 있으면 속이 끓어 올라. 하루는 집에서 노는 게 지겹지 않으냐고 물었거든. 자기는 너무 좋대. 하루도 쉬지 않고 하길래 이 정도면 중독 수준이라고 했더니, 자긴 프라모델 마니아라나 뭐라나. 웃기지도 않았어. 가구 조립은커녕 전등도 못 갈아 끼우는 인간이 깨알같이 쓰여있는 복잡한 설명서는 어찌나 잘 보고 끼워 맞추는지 신기할 정도였어. 아무리 복잡하고 어려운 것도 몇 시간이면 뚝딱이거든. 결혼 전에 그 사람 조카를 만난 적이 있는데 자기처럼 조립하는 걸 좋아한대서 헬리콥터 조립 장난감을 선물해준 적이 있었거든. 유치원생이 조립하기엔 난이도가 높이 보여 다른 걸 사자고 해도 자기가 옆에서 도와주면 충분히 할 수 있다며 우겨서 샀거든. 그래서 조카가 정말 헬리콥터에 관심이 많은 줄 알았어. 함께 키즈카페로 갔는데 조카는 헬리콥터 쳐다보지도 않고 다른 장난감을 가지고 노느라 정신이 없더라. 그 인간 혼자 신이 났지 뭐. 나중에 알고 보니 자기가 좋아하는 걸 고른 거였더라고. 그때 눈치챘어야 했는데. 그땐 난 그것도 멋있어 보였어. 집중력이 대단했거든. 그것이 내 발목을 잡을 줄은 누가 알았겠어. 한 가지 일에 몰두하는 모습이 좋아 보였는데 막상 먹고사는 일과 연관되니까 책임감 없고 나잇값 못하는 인간으로밖에 안 보이더라. 커다란 장식장이 프라모델 헬리콥터로 가득 찰 동안 취직도 안 하고 그것만 만들며 5년을 놀았어.

남편이 가장 좋아하는 계절은 겨울에서 봄으로 넘어갈 때야. 그때 산불이 가장 많이 나거든. 불을 끄기 위해 소방 헬기가 뜨면 밥 먹다 말고 마당으로 뛰어나가 넋을 놓고 바라보았어. 그 모습을 보고 있으면 마흔이 다된 남자가 아니라 유치원생으로밖에 보이지 않았어.

그 인간이 좋아하는 헬리콥터는 산불 진화용 S-64E야. 이 헬리콥터는 고압으로 뿜어내는 노즐이 있어 잿더미에 묻혀있는 잔불 제거도 척척 하고 한 번에 8천 리터의 물을 담을 수 있대. 뭐였더라. 따로 부르는 이름도 있었는데. 그래, 타헤라고 했어. 어디 인디언 부족 이름이라고 했거든. 하여간 헬리콥터에 관해서는 속속들이 모르는 게 없는 인간이었으니까. 나도 헬리콥터를 좋아하냐고? 언니, 미쳤어. 계속 들어봐. 관심이 없는 사람도 저절로 알게 돼. 학교 다닐 때 반에서 1, 2등을 다투었다더니 공부를 하긴 잘하긴 했나 봐. 헬리콥터에 대해서 모르는 게 없는 걸 보면.

그런 인간이 또 마누라 생일은 언제인지 몰라요. 글쎄, 내가 그 인간이랑 살면서 생일에 케이크나 꽃다발 한번 못 받아봤어. 참 선물이라고 한 번 받아봤긴 했네. 그게 뭔 줄 알아? 귤이야 귤. 그날도 늦게까지 잔업하고 와서 피곤해 누워 있는데 슬며시 나갔다 오더니 내 머리맡에 검은 비닐봉지를 툭 던지더라.

뭐야?

오늘 당신 생일이잖아.

그게 남편하고 살면서 받아본 첫 생일 선물이자 마지막 선물이었어. 난 피곤해 눈꺼풀도 제대로 못 뜨고 비닐봉지를 끌어안고 귤을 까먹었어. 탱글탱글한 귤이 터질 때마다 새콤달콤한 맛이 입안에 가득 퍼졌어. 그렇게 맛있는 귤은 처음이었어. 나도 속도 없는 년이지 그걸 좋다고 까먹고 있었으니.

소리가 점점 거세지네. 아까보다 더 많이 내리는 거 같지 않아? 밖을 내다볼 수 있는 작은 창문이라도 있으면 좋은데. 언니, 난 저 창살만 보면 쇠창살이 내 심장을 뚫고 지나가는 것 같아. 꽉 막힌 창살이라도 없으면 여기서 지내는 것도 좀 나을 텐데. 언니, 우린 언제쯤 여기서 나갈까. 참, 언니가 나보다 더 빨리 나가겠구나. 절도는 나하고 잽도 안 되지. 가중 처벌이 무섭다고? 그렇긴 하지만 그래도 나보단 낫잖아. 언니, 이제 나가면 손 씻고 잘살아 봐. 결혼도 하고.

난 우리 방이 깨지고 언니와 같은 방을 쓰게 돼서 얼마나 좋은지 몰라. 언니는 내 이야기도 잘 들어주잖아. 그러고 보니 난 언니한테 신세만 지네. 작업 시간에 빵 반죽을 제대로 못 만들어 혼날 때도 언니가 도와줬잖아. 밤마다 자면서 헛소리해서 동료들이 뭐라고 할 때도 내 편도 들어주고. 언니 고마워. 잊지 않을게.

아까보다 기침이 심하네. 내가 보고 전에 감기약 달라고 써서 붙여 놓을까. 감기약은 공짜잖아. 2015번은 시도 때도 없이, 여기 아프다 저기가 아프다 하면서 맨날 약달라고 쇠창살에 붙여 놓더라. 약이 비타민인 줄 아나 봐. 금방 괜찮아질 거라고? 그러다가 더 심해지면 어떡해. 아프면 안 돼. 내가 의지할 사람은 언니밖에 없잖아.

저 발소리 살모사 아냐. 인정머리라곤 눈곱만큼도 없는 인간. 쉿 조용히 해. 다 듣겠어. 귀는 또 얼마나 밝은지 몰라. 사람들이 모여 있으면 자기 욕하는 줄 알고 더 심통을 부린다니까.

교도관님 오셨어요? 그냥 앉아서 빗소리 듣고 있어요. 밤에 힘들게 하지 말고 약이나 잘 챙겨 먹으라고요? 그래야죠. 어젠 얌전히 잠들었어요. 새로 받은 처방 약이 저한테 잘 맞나 봐요. 저 때문에 다들 잠을 못자 힘들어해서 열심히 먹고 있어요.

네, 금방 들어갈게요. 오랜만에 빗소리를 들으니까 좋아서 그만, 헤헤헤. 교도관님, 밖을 내다볼 수 있는 곳이 없을

까요. 작은 창문이라도 좋은데. 지금은 산책하러 갈 시간이 아니라 다 막혔군요. 그럼, 할 수 없죠, 뭐. 빗소리나 들어야 겠네요. 네, 가세요. 교도관님.

언니, 4년째라고 했나? 소매치기로 몇 번 들락거리는 것까지 다 합치면 칠 년 째라고? 언니도 어지간하네. 이제 나가면 손 씻고 잘살아 봐. 언닌, 잘 살 거야. 처음에 내 얘기 듣고 무섭지 않았어? 다들 피하는데 언니만 피하지 않고 내 옆에 있었잖아. 내가 어쩐지 마음이 쓰였다고 했지. 그렇게 말해준 사람은 언니가 처음이었어.

이 핏기 없는 얼굴 좀 봐. 안 되겠다 들어가자. 들어가서 한숨 자자. 견딜만하다고? 솔직히 코딱지만 한 방에 들어가 누워 있으면 없는 병도 생기겠더라. 여기 복도 끝이라 지나다니는 사람이 없으니까 훨씬 편하긴 해. 눈만 돌리면 사방이 벽으로 막혀 있는 좁은 방에서 서로 못 잡아먹어서 헐뜯고 으르렁거리는 것도 싫고.

언니가 마흔다섯 살이니까 나보다 세 살이 많네. 어려서부터 여길 들락거렸으면 남자 만날 기회가 없었겠다. 만난 적이 있다고? 정말? 어땠어. 웃지만 말고 얘기 좀 해봐. 어머머, 얼굴 빨개지는 것 좀 봐. 정말 좋아했나 보네. 그 남자랑 잠은 잤어? 아, 아쉽다. 같이 밤을 보냈으면 더 좋았을텐데. 손이 따뜻한 남자였구나. 언니 말처럼 유독 손이 따뜻한 사람이 있어. 그 온기가 전해져 나까지도 따뜻하게 만드는 사람. 그 사람도 그랬어. 내 작은 손을 큰 손으로 덥석 움켜잡았거든. 그럴 리가. 그 인간 말고 그 사람. 그 사람은 손이 참 따뜻했어.

비가 오니까 감자 부침개 생각이 난다. 그 인간은 감자 부침개를 좋아했어. 난 뭐가 이쁘다고 좁아터진 집에서 온종일 조립이나 하고 헬리콥터를 날리는 인간한테 부침개를 해다 바쳤네. 나도 속도 없지. 또 해주면 우걱우걱 잘도 처먹어요. 거기에다 막걸리까지 찾더라. 전에는 막걸리가 영혼의 단짝이래. 하루는 막걸리를 따라주며 조용히 말했어. 이제 헬리콥터 그만 가지고 놀고 일을 했으면 좋겠다고. 그랬더니 그 인간이 뭐라고 하는 줄 알아? 자신의 취미 생활을 존중해 줬으면 좋겠대. 일할 때가 되면 어련히 알아서 한다고. 알아서 한다는 인간이 몇 년이나 집에 틀어박혀 있으면서도 뚫린 입이라고 말은 어찌나 잘하는지. 그 좁아터진 집에서 헬리콥터를 날리지 않으면 말을 안 해. 이 구석 저 구석 날아다니다 처박혀 깨 먹은 살림살이가 한두 개인 줄 알아. 그런데도 정신을 못 차리고 계속 그 짓이나 하고 있으니 내 속이 어떻겠어.

그 인간은 프로펠러가 빠른 속도로 회전하며 날아오르는 소리를 좋아했어. 그 소릴 듣고 있으면 세상의 모든 소리가 사라지고 자신의 몸이 둥실 떠올라 날아가는 기분이 든대. 난 그 말을 들을 때마다 그 인간을 헬리콥터에 매달아 멀리 날아 보내는 상상을 했어. 꼴도 보기 싫으니까 별생각을 다 하더라. 우린 별거를 시작했어. 나가라고 해도 안 가니까 난 안방 차지하고 그 인간은 프라모델 장식장이 있는 건넛방에서 지냈어. 그것을 별거라고 말하긴 좀 이상하지만 아무튼 우리를 두 개의 섬처럼 따로 떨어져 지냈어. 그러니까 좀 낫더라.

언제부턴가 일을 마치고 집에 들어가는 것도 진저리가 나기 시작했어. 코딱지만 한 조각을 붙잡고 조물락거리며 앉아 있는 꼴을 봐야 하니까. 그 인간하고 같은 공간에 있다는 것조차 숨이 막히고 답답해 미칠 지경이었거든. 연애할 때 예쁘다고 칭찬했던 쌍가마를 볼 때마다 한 대 후려치고 싶었어. 퇴근하면 바로 집으로 들어가지 않고 집 주위를 빙빙 돌다 최대한 늦게 들어가는 시간이 많아졌어. 챙겨야 할 자식이 없다는 게 얼마나 다행인지.

하루는 일감이 없어 일찍 퇴근했는데 갈 데가 없더라. 바닷가 카페에 가서 커피라도 마시고 싶었지만 불러낼 친구가 없었어. 다들 자식 건사하느라 정신이 없었거든. 나는 학교 운동장을 천천히 걷기 시작했어. 학교 담장을 넘어온 가로등 불빛이 은은히 비추는 운동장이 집보다 아늑하게 느껴졌어. 시원한 바람에 머리가 맑아지고 기분이 상쾌해졌어. 결리듯 쑤시고 아프던 몸도 가뿐해지고 정말 살 것 같았어. 그다음 날부터 아예 운동화를 신고 다니며 매일 학교 운동장을 걸었어. 언니, 비가 오는 날 학교 운동장 가본 적 있어? 물기를 머금은 흙이 푹신푹신하고 군데군데 고인 물은 가로등 불빛을 받아 반짝거렸거든. 안개가 낀 듯 뿌연 가로등 불빛에 떨어지는 빗방울이 어찌나 아름답던지. 넓은 운동장을 혼자 독차지한 기분이었어. 언니도 한번 걸어 봐. 그럼 내가 무슨 말을 하는지 알게 될 거야.

하루는 어떤 남자가 천체 망원경으로 달을 구경하고 있었어. 하늘엔 둥근 달이 떠 있었거든. 운동장을 돌면서 망원경으로 보는 달이 궁금했어. 내가 또 궁금한 건 못 참잖아. 그래서 나도 좀 볼 수 있느냐고 물었지. 그랬더니 남자가 흔쾌히 자리를 내주더라고. 망원경으로 본 달은 눈앞에 떠 있는 것처럼 크고 환했어. 얼룩덜룩한 달 표면이 바로 눈앞에서 보이는데 진짜 신기했어. 달을 그렇게 가까이서 보긴 처음이었거든. 난 달을 관찰하느라 운동은 뒷전이었어. 달이나 별을 관찰하는 것이 취미라고 했던 남자가 달에는 관심이 없고 나를 관찰하는 게 느껴졌어. 망원경 렌즈가 나를 향해 움직였거든. 나는 그런 남자의 관심이 싫지 않았어. 누군가가 나를 관심 있게 지켜봐 주는 것이 얼마 만인지 설레기까지 했어. 우린 운동장을 걸으면서 자연스럽게 친해졌어. 가끔 만나 술도 한잔하고.

술만 마셨냐고? 언니, 뭘 그런 것까지 물어봐. 부끄럽게. 나도 내가 그렇게 쉽게 그 남자한테 빠져들 줄은 몰랐어. 그 사람하고 있으면 내가 소중한 여자라는 기분이 들었어. 따뜻하게 배려할 줄 아는 사람. 더구나 그는 독신이었어. 그런 사람이 혼자라는 게 믿어지지 않을 만큼 괜찮은 사람이었어. 난 그 사람하고 함께 있는 시간이 좋았어. 남편이 눈치채지 않았느냐고? 그 인간은 내가 늦게 들어가니까 오히려 좋아하던데. 내 눈치 안 보고 자기 맘대로 조립할 수 있으니까 좋았겠지.

응, 그 인간 어렸을 때부터 헬기를 좋아했었대. 다섯 살 때 어머니를 따라 시장에 갔는데 태엽을 돌리면 날아가는 헬리콥터를 사주었다나 봐. 몸통이 노랗고 빨간 색 프로펠러가 달린 장난감을 들고 집으로 돌아오다가 그만 차도에 떨어트렸대. 트럭이 달려오는 것도 모르고 장난감을 줍겠다고 차도로 뛰어들었다나 봐. 놀란 어머니가 급히 아들 앞을 가로막았고. 피를 흘리며 쓰러진 어머니 옆에서 헬리콥터의 프로펠러가 계속 돌아가고 있었대.

남편은 어머니가 사준 마지막 선물인 헬리콥터를 장례식 내내 손에서 놓지 않고 들고 다녔어. 그 모습을 본 친척 어

른이 장례를 치르고 돌아오는 차 안에서 헬리콥터를 빼앗
아 창밖으로 던져버렸다나 봐. 그때부터 남편은 헬리콥터
에 집착하기 시작했어. 헬기 조종사가 되려고 항공대나 공
군사관학교에 지원했지만, 시골 학교에서 1, 2등 하는 성적
으로는 어림도 없었대. 번번이 쓴맛을 보다가 화가 난 나머
지 쌓아둔 나뭇더미에 불을 질러버렸는데 그게 그렇게 통
쾌할 수 없었다네.

　그 인간은 산불이 난 뉴스를 보면서 어쩐지 들떠 보였어.
엉덩이를 들썩이거나 주먹을 꽉 쥐고 환호하는 표정을 지
었거든. 해마다 겨울이 되면 집 뒷산에 서너 건씩 산불이
나곤 했어. 소문에 의하면 산 주인이 산을 개발해 식당을
차릴 욕심으로 불을 냈다는 말이 돌기도 했지만 확실한 물
증이 없으니 누가 범인인지 알 수가 없었어. 산이 황폐해지
면 개발허가 나기도 하나 보더라고. 바다가 보이는 산에서
오리 백숙이나 닭백숙 같은 식당을 차리면 잘 되긴 할 거
야. 언니, 왜 산속에 닭백숙이나 오리 백숙을 파는 식당이
많을까. 그 인간이 말하길 시골집에 온 것처럼 마음 편해서
몸보신이 저절로 된다는 거야. 그 말을 들으니까 또 맞는
말 같기도 해.

　그날은 산불이 제법 크게 났어. 잠잠해지다가도 어느샌
가 강풍을 타고 여기저기 불꽃이 치솟았어. 불길이 얼마나

거센지 짐승의 화난 눈빛처럼 이글거리며 동네로 밀고 내려왔어. 주택가로 불길이 번지지 않을까 다들 노심초사하고 있는데 남편 혼자만 눈을 희번덕거리며 불구경하기 바빴어. 소방헬기가 길게 늘어트린 빨간 물 바구니로 부지런히 물을 퍼 날랐거든. 그 물 바구니를 밤비 버킷이라고 부른다더라. 저 물로 언제 불을 끄나 싶을 만큼 작아 보이는데 꽤 많이 들어가나 보더라고. 버킷에 매달려 헬기가 분주히 물을 퍼 나르는 동안 아무것도 달지 않은 헬기도 왔다 갔다 하길래 저 헬리콥터는 뭐냐고 물었어. 그것도 물을 퍼 나르는 헬리콥터래.

흡입식 헬리콥턴데 한마디로 음료수를 빨대로 빨아들이는 원리라네. 헬기가 수면으로 들어가 물을 끌어올리는 거지. 8천 리터가 들어가니까 엄청 많이 들어가지? 8천 리터가 얼마냐고? 나도 몰라. 엄청 많이 들어간다는 말이겠지, 뭐.

밤낮으로 산불감시원이나 공무원들이 지키고 있는데도 날쌘 다람쥐처럼 범인은 잡히지 않았어. 오죽하면 범인을 호봉산 날다람쥐라고 불렀을까. 1억 원이라는 어마어마한 상금이 걸렸는데 끝내 범인이 잡히지 않았어.

어쩌면 범인이 남편이 아닐까 의심한 적도 있었어. 꼭 그 인간이 범인 같았거든. 왜 그런 생각을 했냐고? 프라모델을 날리러 나가는 것도 귀찮아하는 인간이 그때쯤 자주 밖으로

나돌았거든. 집으로 들어올 땐 몸에서 찬바람과 함께 타다
남은 재 냄새가 나기도 했어. 빨래하려고 뒤지면 점퍼나 양
말에서 나뭇잎 같은 부스러기가 나오기도 했어. 남편은 밖
에 나갔다 온 날은 어김없이 크고 작은 산불이 났거든. 그
러니 의심을 할 수밖에 없잖아. 그런데 막상 물어보려니 겁
이 나더라. 왠지 남편이 범인 같았거든. 하루는 컴퓨터 앞
에 앉아 있던 남편이 나를 불렀어.

이것 좀 봐. 진짜 헬기 같지 않아? 이것도 프라모델이야.
조립하는 데 500시간이 걸린대. 제트엔진 RC 헬리콥터야.
제트엔진이 장착돼서 속도가 얼마나 빠른지 몰라. 소리는
또 어떻고. 진짜 제트기가 날아가는 것처럼 웅장해. 나 이
거 사면 안 돼?

남편은 간절한 눈빛으로 나를 올려다봤어.

1400만 원밖에 안 해.

그런 큰돈이 어디 있어?

이 집 살 때 내가 천만 원 보탠 거 있잖아. 그거 빼서 사주
면 되잖아.

난 그때 처음으로 살인 충동을 느꼈어. 겨우 70만 원 모
자라는 천만 원 보태놓고 그걸 달라고 말하는 남편이 인간
같지 않았거든. 기가 차서 아무 대꾸하지 않자 남편은 내
뒤를 졸졸 따라다니며 하루 종일 졸라댔어. 얼마나 진을 빼

56

놓는지 말할 기운조차 없었지. 하도 귀찮게 굴길래 한번 생
각해보겠다고 말했어.

　다음날 일찍 퇴근해서 모처럼 장을 보러 갔어. 사실 그날
그 사람을 만나기로 했는데 급한 일이 생겨 못 나온다길래
집에 일찍 들어가기는 싫고 마트에 장을 보러 간 거야. 생
선 판매대엔 사람들로 붐볐어. 싱싱한 아귀가 눈에 들어오
더라. 손질한 아귀를 사려면 한참은 걸릴 것 같아 집에 가
서 손질할 요량으로 커다란 아귀 한 마리를 사 들고 왔어.
남편이 아귀찜을 좋아했거든. 배달을 시키면 꼭 아귀찜을
시켰어. 분명히 처음엔 내가 좋아하는 초밥을 시켜 먹자고
해 놓고 나중엔 결국 주문하는 건 아귀찜이야. 그 인간 말
을 뻔지르르하게 잘한다고 했잖아. 교묘하게 자기 먹고 싶
은 아귀찜을 시키게 만들어. 그 꼴을 당하면서도 남편이라
고 그 인간이 좋아하는 아귀찜을 내 손으로 만들어 먹이고
싶었나 봐. 한 번도 만들어 본 적이 없어 걱정됐지만, 까짓
거 한번 해 보지 뭐, 하는 자신감이 생기더라. 집에 들어갔
더니 웬일로 그 인간이 프라모델 방에 있지 않고 소파에 누
워 텔레비전을 보고 있었어. 내가 부엌에서 부지런히 저녁
준비를 하고 있는데 뭐가 그리 좋은지 계속 흘끔거리며 싱
글싱글 웃더라.

　물풍선처럼 출렁거리는 아귀를 손질하려니 쉽지가 않았

어. 희멀건 배를 드러내놓고 날 잡아 잡슈, 하는 표정으로 올려다보는데 난감했어. 난 흉물스럽게 생긴 아귀를 들여 다보며 이곳저곳 뒤적거리기 시작했어. 심해에 사는 수컷 아귀는 암컷의 배에 달라붙어 평생을 살아간다는 말을 어디서 봤거든. 암컷보다 훨씬 작은 수컷은 스스로 먹이를 찾 아다닐 필요가 없대. 한마디로 말하면 기생충이지. 평생 암 컷의 몸에 착 달라붙어 살아가는 기생충. 암컷의 피부에 효 소를 내뿜어 자신의 입을 납땜하듯이 꽉 붙이고 살아간대. 시간이 지나면 입뿐만 아니라 눈과 내장기관이 모두 사라 지고 생존에 필요한 아가미와 번식을 위한 정자 주머니만 남기고 피부와 혈관까지 암컷하고 연결해 생명 유지에 필 요한 영양분을 암컷에게 공급받는대. 그런 지독한 기생충 은 세상에 없을 거야. 그러면서 어찌나 당당한지. 자신은 번식을 위해 아주 중요한 정자를 제공하니까 누릴만한 자 격이 충분히 있다는 거지. 꼭 남편을 보는 것 같았어. 그 인 간은 세상 편한 자세로 아귀처럼 출렁이는 배를 드러내놓 고 소파에 드러누워 있었거든.

내장을 손질하다가 날카로운 이빨에 손이 찔렸어. 빨리 저녁을 차릴 생각에 아픈 것도 잊고 오래된 칼을 치우고 새 로 산 칼을 꺼내 들었어. 홈쇼핑에서 주문해놓고 한 번도 사용하지 않았거든. 여자라면 누구나 한 번쯤 탐을 낼 만한 그런 칼이야. 인체공학적으로 만들어져 꽤 인기 있다는 주방용품인데 언니도 들어봤을걸. 응, 바로 그 칼이야. 미끄럼방지 처리된 칼을 잡자 손에 착 감기더라. 왜 주부들 사이에 입소문이 났는지 알겠더라니까. 난 새로 산 칼을 잡고 비로소 안정을 되찾은 사람처럼 쓱쓱 칼질해나갔어.

아무리 절삭력이 뛰어난 칼이라도 처음 사용해 익숙지가 않아 손에 힘에 많이 들어갔어. 아귀는 내 서툰 칼 솜씨를 비웃기라도 하듯 이리저리 몸을 피했어. 한 번도 사용하지 않은 새 칼로, 하필이면 가장 흉물스럽게 생긴 아귀를 손질하려니 기분이 썩 좋진 않았어. 난 예민하게 빛나는 칼로 브로콜리나 당근, 오이 같은 색색의 싱싱한 채소를 다듬고 싶었거든.

내장을 꺼낸 뒤 먹기 좋게 토막을 치기 시작했어. 배를 가를 땐 제 역할을 못 하던 칼이 그 순간 빛을 발하기 시작하더라. 살이 하나도 흩어지지 않고 아주 깔끔하게 잘렸거든. 오, 저절로 탄성이 나왔어. 남편이 흘긋 주방 쪽을 쳐다보는데도 개의치 않고 일류 요리사라도 된 듯 요리에 몰두하기 시작했어.

홈쇼핑에서 물건 사는 걸 좋아하냐고? 여자들이라면 다들 좋아하지 않아? 전화만 하면 되니까. 언니도 주로 새벽에 잠 안 올 때 많이 샀었구나. 나도 그랬는데. 딱히 뭘 사려고 하는 것도 아닌데 습관적으로 채널을 돌리다 보면 어느 순간 정신이 아득해지고 화면 속으로 빨려 들어가. 마감이 임박했다는 쇼호스트의 말을 듣고 있으면 입안이 바짝 마르고 조바심이 나기 시작하거든. 당장 사지 않으면 후회할 것 같은 마음에 재빨리 전화번호를 눌러버려. 지름신이 강림하면 나도 어쩔 수가 없더라고. 내가 조금이라도 망설이는 눈치를 보이면 쇼호스트가 빨리 전화하라고 재촉하거든. 뭐해. 빨리 사. 그래야 넌 행복할 수 있어. 속삭이는 목소리가 들리는 것 같았어.

무엇에 홀린 듯 주문을 하고 나면 또 얼마나 후회하는지. 다시 충동구매를 하지 말아야지 다짐하면서도 어느새 홈쇼핑 채널 앞에 앉아 있는 나를 발견하곤 해. 그렇게 산 물건들이 꽤 많아. 수증기 다리미와 뽕이 들어간 가발, 극세사 이불, 보정속옷, 침구 청소 살균기, 떡갈비, 양념 불고기, 다이어트 식품 등. 별로 필요도 없는 물건을 왜 그렇게 샀는지 몰라. 뭔가 채우고 싶었나 봐. 택배를 받아들고 포장을 뜯을 때의 희열감은 내가 살아 있다는 걸 온몸으로 느끼게 해주거든. 그 인간은 그런 내 마음을 이해하지 못했어.

전에 쓰던 부엌칼이 있는데 왜 또 샀느냐고? 언니도 형사처럼 말하네. 형사도 그렇게 말했거든. 아직도 쓸 만한데 왜 샀냐고. 칼끝이 무뎌져 샀다고 몇 번이나 말했는데도 나를 의심했어. 결혼하고 지금까지 써온 터라 칼이 잘 들지 않았거든. 손잡이가 뭉툭해 썰고 나면 손목이 아프기도 하고 인대가 늘어나 치료를 받으러 다닌 적도 있는데도 믿지 않았어. 내가 못 믿겠거든 병원에 가서 진료기록을 확인해 보라고 했지. 진료 내역서에 다 나와 있는데 왜 그런 거짓말을 해. 안 그래, 언니?

형사가 의심할만하다고. 언니, 누구 편이야. 혹시 형사 끄나풀 아니야? 어쩜 형사와 똑같은 말을 하네. 무슨 타이밍이 절묘했다고 그래? 참 이상한 언니네. 그 사건이 일어나기 며칠 전에 칼을 샀으니까 의심할만하다는 거 나도 알아. 언니도 알다시피 홈쇼핑에서 파는 물건은 내가 사고 싶다고 아무 때나 살 수 있는 것이 아니잖아. 방송시간마다 파는 물건이 다른데 내가 어떻게 사고 싶다고 아무 때나 사? 그전부터 칼을 사고 싶었는데 마침 기회가 닿았을 뿐이라고 몇 번이나 말했잖아.

언니가 엉뚱한 질문을 하니까 자꾸 이야기가 옆으로 샜잖아. 언니도 내 얘길 잘 들어 봐. 언젠가 아귀탕 끓이는 데 도움이 될 거야. 나도 처음엔 아귀찜을 할 생각이었는데 도저히 자신이 없어 메뉴를 탕으로 바꿨어.

언니, 우선 콩나물을 다듬어야 해. 아귀탕의 생명은 싱싱한 아귀를 고르는 것도 있지만 무엇보다 콩나물을 적당히

익히는 게 중요해. 콩나물이 아삭아삭 씹힐 때 비릿한 냄새가 입안에 살짝 감돌아야 제맛이야. 마지막에 갖은 양념과 미나리와 미더덕 넣고 끓이면 끝이야. 아귀 손질하는 것이 어려워서 그렇지 생각했던 것보단 쉬웠어. 언니도 나가면 꼭 한번 만들어 먹어 봐. 정말 간단해.

내가 아귀탕을 만드는 동안 남편은 그새를 못 참고 또 새로 산 프라모델 조립에 빠져 있더라. 화가 머리 꼭대기까지 차올랐지만 오랜만에 마주 앉아 밥을 먹는데 얼굴을 붉히고 싶지 않아 꾹 참았어. 그래도 부르니까 재까닥 식탁에 앉은 게 어디야. 남편은 먹음직스럽게 차려진 아귀탕을 보더니 오늘 누구 생일이냐며 호들갑을 떨었어. 그동안 조미김이나 달걀부침 김치찌개로 간단히 먹다가 제대로 차려진 밥상을 보더니 아귀처럼 입을 헤벌리고 웃더라. 아귀탕을 후루룩거리며 먹는 그 인간은 무척 행복해 보였어. 뼈에 붙은 살점까지 싹싹 발라 먹는데 이상하게 내 입맛이 뚝 떨어졌어. 정신없이 먹고 있는 남편을 보며 조용히 말했지.

내가 당신한테 해줄 수 있는 건 여기까지야. 그동안 할 수 있는 건 다했다고 생각해. 집은 정리하는 대로 천만 원 보내줄게. 그 돈으로 탱크를 사든 헬리콥터를 사든 당신 마음대로 해.

남편은 숟가락을 놓고 멍하니 나를 바라봤어. 난 더이상

대화를 하고 싶지 않아 살을 골라 먹느라 헤집어놓은 아귀탕을 그대로 싱크대에 쏟아버렸어. 그 인간은 갑작스러운 내 행동에 놀랐는지 어리벙벙했어. 내 표정이 심상치 않다는 걸 눈치채고 옷가지를 챙겨 집을 나갔어. 어디로 갔냐고? 혼자 살고 계신 아버님 댁으로 들어갔겠지. 나가면서 프라모델은 만지지 말라고 신신당부를 하더라. 그 모습이 또 얼마나 꼴불견이든지. 웃기지도 않았어. 남편이 사라지자 난 그제야 깊은숨을 내쉬며 그 사람이 쓰던 물건들을 모조리 프라모델이 진열된 방안에 처박아 넣고 문을 잠가버렸어.

난 아무 일 없는 듯이 그 사람을 만났어. 남편한테 느끼지 못한 따뜻함에 점점 빠져들었어. 우린 바닷가 카페에 자주 갔어. 언니, 바다에 두 개의 달이 뜨는 거 알아? 하늘과 바닷속에도 달이 떠 있거든. 바닷물이 일렁일 때마다 일그러지는 달을 바라보며 우리는 사랑을 속삭였어.

하루는 남편이 집으로 찾아왔더라. 수첩을 꺼내더니 내 앞에 툭 던졌어. 뭔가 하고 들여다봤더니 세상에 수첩에 적힌 내용을 보고 기절하는 줄 알았어. 거기엔 내가 언제 어디서 무엇을 했는지, 날짜와 시간까지 꼼꼼히 적혀 있었어. 내가 무슨 옷을 입고 출근했는지도. 그 남자를 만나 어딜 갔는지, 모텔에서 얼마나 머물다 나왔는지 시간과 횟수까지 빼곡히 적혀 있더라. 난 소름이 쫙 끼쳤어. 그동안 집을 나가서 나를 미행하고 다녔다는 말이잖아. 난 그것도 모르고 신나서 돌아다니고.

순간 남편의 수에 말려들면 안 된다는 생각에 오히려 차분해졌어. 흥분하면 일을 그럴 칠 수 있으니까 최대한 침착하게 말했지. 이제 알았으니 이혼하자고. 그랬더니 그 인간이 유책 배우자 주제에 어디서 먼저 이혼 말을 꺼내느냐며 가당찮은 표정으로 나를 노려보더라. 그러더니 그 자식이랑 좋았냐고, 나한테 평생 빌붙어 살 거라며 이죽거렸어.

그까짓 바람쯤이야 당신한테 아무것도 아니지. 자식도 버리고 온 주제에.

난 그 순간 아무것도 보이지 않았어. 내가 무슨 짓을 했는지. 형사는 다른 건 사소한 것까지 다 기억하면서 왜 그 부분은 기억하지 못하느냐고 묻는데 정말 모르겠어. 진짜 아무것도 생각이 안 나. 경찰이 도착했을 때 내가 피 묻은 칼로 사과를 깎아 먹고 있더래. 언니, 말이 된다고 생각해? 정말 미치지 않고서는 어떻게 사람이 그럴 수가 있어. 내가 잘못 봤을 거라고 했더니 자기들이 신고를 받고 제일 먼저 도착했으니 맞는다고 하더라고. 어쩌겠어. 형사가 거짓말할 리가 없고. 피 묻은 칼로 사과를 깎아 먹다니…… 아, 생각만 해도 끔찍해. 내가 아무리 사과를 좋아해도 피 묻은 칼로 깎아 먹을 정도는 아니거든. 언니, 정말 나 미친 건 아니겠지? 정말 미치지 않고서는 어떻게 그런 끔찍한 짓을 저지를 수가 있을까.

자식이 있었냐고? 내가 말 안 했나, 처음 결혼해서 낳은 아들이 있었다고. 의처증이 너무 심해 이렇게 살다간 내가 먼저 죽을 것 같아 양육비도 필요 없으니 이혼만 해달라고 사정했더니 아이는 절대로 못 준대. 꼴에 아비라고 부모 노릇은 하고 싶었나 봐. 아들이 사대 독자였거든. 그 집에서는 둘도 없는 손자야. 이혼하고 싶으면 몸만 나가래. 대신 죽을 때까지 아이 볼 생각하지 말라고.

그래, 내가 잘못한 거 알아. 나 살겠다고 어린 자식을 두고 나왔어. 그래서 지금 벌 받고 있잖아. 그렇게 데였으면 신중해야 했었는데 정신 못 차리고 또 남자에게 홀려, 내 인생을 이 모양 이 꼴로 만든 거지 뭐.

왜 웃냐고? 아무것도 아냐. 갑자기 허연 배를 드러내놓고 누워 있는 아귀가 생각나서 그래. 암컷에 붙어 있는 수컷이 꼭 좆같이 생겼거든. 그 인간 별것도 아니면서 자꾸 까불며 내 속을 뒤집어 놓았잖아. 알았어 정신 차릴게. 내가 왜 이러지. 언니, 제발 형사처럼 이상한 눈으로 쳐다보지 좀 마. 언니까지 그러면 나 정말 속상해.

이제 온몸에 약 기운이 퍼지고 있어. 힘이 하나도 없네.

자꾸 잠이 쏟아져. 저 살모사 또 올라온다. 얼른 가자. 여긴 너무 추워.

이 비 그치면 벚꽃도 다 떨어지겠네. 언니, 난 꽃처럼 살지 못했지만, 저 비에 떨어지는 꽃이었으면 좋겠어.

서랍 속 물고기

풍선몰리의 배가 터질 듯 빵빵했다. 몸부림이 심상치 않았다. 수조 벽을 따라 아래위로 오르내리며 가슴지느러미를 심하게 나풀거렸다. 항문이 벌어지고 무언가 툭 튀어나왔다. 산란관인 모양이다. 채은은 열대어인 풍선몰리의 출산 장면을 목격한 적이 없었다. 연애할 때도 바쁜 그녀를 대신해 종종 물고기를 돌봐 주던 이무흔이, 결혼 후에도 줄곧 관리를 도맡아 왔었다.

풍선몰리는 왜 하필, 그가 떠나고 없는 이때 출산하려는 걸까. 더구나 경찰서에서 교통사고 CCTV 장면을 확인하고 오는 길이라 마음이 더 복잡했다. 그녀는 오는 길에 미리 언니에게 전화해두었다. 가라앉은 그녀의 목소리를 들은 언니가 배송이 마무리되는 대로 가겠다고 말했다.

부화 통을 찾았다. 출산을 앞둔 열대어는 성어들과 분리를 해줘야 했다. 그래야 안정적으로 출산하고 갓 태어난 유어들이 성어의 공격을 피할 수 있다고 무흔이가 말했었다. 물고기 용품을 들어 있는 상자에도 부화 통이 보이지 않았다. 물건을 칼같이 정리하던 사람이 아무 데나 둘리가 없었다. 열대어 용품이라면 더욱 그랬다. 도대체 어디에 둔 것일까.

그를 처음 만나던 날, 채은은 수족관에 다녀오는 길이었다. 밤늦게 일을 마치고 어두운 거실을 가로지를 때마다 발소리가 유난히 크게 들렸다. 누구라도 옆에 있었으면 좋겠다는 생각이 들었다. 일찍 독립해 혼자 따로 나와 사는 그녀에게 언니가 말했다. 물고기를 한번 키워 봐. 털 달린 동물은 싫어하니까 너하고 잘 맞을 거야. 그러더니 대뜸, 이왕 키우는 김에 남자를 한번 키워 보는 건 어때, 하면서 혼자 깔깔거렸다. 이제 일만 하지 말고 연애를 해 보라는 언니의 권유에 귀가 솔깃했지만 당장 연애를 하려고 해도 남자가 없었다. 대신 물고기를 키우는 것도 나쁘지 않다는 생각이 들었다. 어렸을 때 언니와 함께 항아리 뚜껑에 구피를 키운 것이 생각났다.

그녀의 눈을 사로잡은 것은 구피가 아니라 풍선몰리였다. 배를 볼록 내밀고 눈알을 떼굴떼굴 굴리며 돌아다니는 모습이 꼭 장난꾸러기 같았다. 그녀가 눈을 떼지 못하고 바라보자 사장이 다가와 순둥순둥하다며 구피처럼 키우기 쉽다고 말했다. 입을 맞추듯 아크릴 벽을 쪼아 대던 주황색 풍선몰리는 그녀가 손을 갖다 대자 몸을 획 돌려 가버렸다. 꼬리지느러미를 살랑거리며 헤엄쳐 가는 풍선몰리를 보며 사장에게 말했다. 이거 포장해 주세요. 채은은 색색의 물고기가 담긴 봉지를 들고 수족관을 나왔다. 갓길에 세워둔 차에 올라타려는데 배달통을 단 오토바이가 그녀의 옆을 빠르게 스쳐 지나갔다. 급하게 피하느라 들고 있던 봉지를 놓쳤다. 봉지가 터지고 물이 쏟아졌다. 아스팔트 바닥에 물고기가 널브러졌다. 날벼락을 맞은 물고기가 입을 뻥끗거리며 버둥거렸다. 그때 누군가가 달려왔다. 괜찮으세요? 그녀가 대답할 사이도 없이 그는 수족관으로 뛰어가 봉지에 물을 담아 왔다. 그는 바닥에 쪼그리고 앉아 핀셋처럼 가늘고 긴 손가락으로 물고기를 주워 담았다. 그의 손놀림은 고층빌딩 사이로 넘어온 노을빛에 우아하게 반짝였다.

다들 무사해서 다행이라고 웃는 그의 첫인상은 체크 무늬 셔츠와 밤색 로퍼 덕분인지 지적이고 깔끔해 보였다. 지적인 인상과 달리, 셔츠 사이로 나온 배를 보자 그녀도 모르게 웃음이 나왔다. 그녀가 쳐다보는 것을 눈치챘는지 숨을 들이켜 배에 힘을 주었다. 순식간에 볼록한 배가 쏙 들어갔다. 왜요, 귀여운데요. 그녀의 말에 그의 배가 다시 봉굿 솟았다.

채은은 인사를 하고 돌아서려는 그를 불러 세웠다. 그들은 가까운 카페로 들어갔다. 무흔은 커피를 마시면서도 열대어에서 눈을 떼지 못했다. 그녀가 어렸을 때 구피를 키워 보고 처음이라고 하자 그는 휴대전화를 꺼내 이것저것 검색했다.

"얘, 척추 기형을 가진 몰리와 교배해서 탄생한 어종이라네요."

척추 기형이라는 말에 물고기를 잘못 산 것이 아닐까 걱정되었다. 기형이라면 뭔가 뒤틀어지고 못생겼다는 생각이 드는데 다행히 풍선몰리는 그렇지 않았다. 이름 그대로 배가 풍선처럼 빵빵하고 귀엽게 생겼다. 그는 옆에 놓아둔 봉지를 기어코 자신의 앞쪽으로 끌어당겼다. 물고기는 아까의 충격은 잊은 듯 활기차게 돌아다녔다.

"정말 아름다운 기형이지 않나요?"

무흔은 누가 물고기를 키우려는지 모를 만큼 감탄하며 들여다보았다. 그는 물 생활을 막 시작하는 그녀에게 하나하나 알려주었다. 관상어는 수질이나 온도 변화에 민감해요. 환수할 때는 천천히 해야 쇼크사를 예방할 수 있고 약해 보이는 개체가 나타나면 단체로 공격하기도 한답니다. 그녀는 그의 설명을 들으며 언니 말처럼 남자를 한 번 키워 보는 것도 나쁘지 않다는 생각이 들었다.

채은은 무흔이가 쓰던 복층으로 올라갔다. 모든 것이 가지런했다. 단정한 성품답게 흐트러짐 없이 정돈된 방은 방금 치운 듯 깔끔했다. 대학원에서 연구 조교를 하며 공부했던 그의 책장에는 책을 쉽게 찾을 수 있도록 가나다라 순서로 가지런히 진열해 놓았다. 로봇 개발이나 인공지능에 관련된 책뿐만 아니라 못 보던 화가의 전시회 도록도 보였다. 스콧 네이스미스. 노을 풍경을 담은 화집이었다. 언제 그림에까지 영역을 넓혔을까.

주인을 잃은 노트북이 커다란 책상에 덩그러니 놓여 있었다. 자판을 누르자 바탕 화면의 커서가 살아 움직였다. 스페이스바를 치는 순간, 처음 보는 사진이 떠올랐다. 노을이 지는 바다를 배경으로 서 있는 무흔의 뒷모습이었다. 하늘로 올라갈수록 어두운 주황과 짙은 보라색의 노을빛은 바다를 삼킬 듯 강렬했다. 현란하게 춤추던 빛이 스러지고 무흔의 등 뒤에는 어둠이 오목하게 고였다. 그녀는 그의 등을 조심스럽게 쓰다듬었다. 손끝에서 그의 등뼈가 느껴졌다. 우리가 함께 노을을 본 적이 있나. 아무리 떠올려도 없었다. 새해 첫날 일출을 딱 한 번 본 적은 있었다. 고개를 숙여 자세히 들여다본 사진 속의 모습이 어딘가 모르게 어정쩡했다. 누군가의 손을 잡은 듯 한쪽 팔을 옆으로 뻗은 모

습이었다. 손이 교묘하게 잘려 보이지 않지만 다른 사람의
손을 잡고 있는 것이 분명했다. 더 분명한 것은, 그 손이
그녀의 손이 아니라는 것. 그녀는 노트북을 닫아 버렸다.

책상 서랍도 확인했다. 포스트잇과 견출지, 개별 포장된
프로폴리스 영양제, 라미 볼펜 등 자질구레한 물건들이 가
지런히 정리되어 있었다. 투명한 수족관을 들여다보는 것
같았다. 각자 쓰임이 다른 물건임에도 묘하게 어울렸다.
한쪽에 쌓아둔 영수증 뭉치가 눈에 띄었다. 그녀는 영수증
뭉치를 꺼내 들며 혼잣말을 했다 여전하네. 무흔은 연애할
때도 가는 곳마다 영수증을 모았다. 과학도인 그는 누구보
다 영수증 유해 물질에 대해 잘 알면서도 그랬다. 그녀가
버리라고 할 때마다 싱긋이 웃으며 말했다. 우리의 추억이
들어 있잖아. 결혼하고 나서도 영수증을 모으고 있는 줄은
몰랐다.

채은은 영수증을 살폈다. 뭔가 이상했다. 대부분 연구실
에 있을 시간대에 결제한 영수증이었다. 먹는 데 관심이
없는 사람이 맛집을 가고, 영화관이나 미술관도 자주 다녔
다. 주로 연애하는 사람들이 가는 코스였다. 뒤통수를 한
방 맞은 기분이었다. 숙맥인 줄 알았는데 여자가 있었나?
한 번도 생각해 본 적이 없는 일이었다. 의심스러운 행동
을 되짚어봤지만 잡히는 것이 없었다. 학교를 그만두고 로

봇 연구에만 몰두하느라 자주 만나던 친구들의 모임에 참석하지 않았던 사람이 여자를 만나고 다녔다는 것이 믿기지 않았다. 언니가 들어오는 줄도 모르고 들여다보고 있던 그녀는 얼른 영수증을 치웠다.

"정말, 제부가 사고 낸 거 맞아?"

언니가 숨을 가쁘게 몰아쉬며 물었다. 그녀는 말 없이 고개를 끄덕였다. 사고 소식을 들었을 때도 언니는 같은 말을 반복했었다. 믿을 수 없다며 경찰을 붙잡고 따지기까지 했었다. 제대로 확인한 거 맞아요? 제부는 그렇게 운전을 함부로 하는 사람이 아니에요. 경찰은 언니가 끝까지 의심하자 CCTV까지 확인시켜 주었다. 단속 카메라에 찍힌 무흔의 자동차는 앞차를 난폭하게 추월하며 거침없이 도로를 내달렸다. 운전대를 잡은 사람이 그가 아니라 전혀 다른 사람처럼 보일 정도였다.

아침에 경찰서에 갔을 때도 경찰은 자신들이 여러 번 확인했다며 힘들게 뭐하러 또 보느냐고 했었다. 그래도 혹시 잘못 볼 수 있지 않으냐고 하자 경찰은 마지못해 CCTV를 확인시켜 주었다. 사고 난 장면을 눈으로 확인하면서도 도저히 믿어지지 않았다. 경찰이 백 퍼센트 무흔의 과실이라고 단정했을 때도, 피할 수 없는 돌발 상황이 있지 않았을까 생각했다. 하지만 몇 번을 다시 봐도 명백히 무흔의 과실이었다.

사고가 난 장소는 평소에도 그가 교통사고 감지 시스템을 만들기 위해 자주 드나들던 교차로였다. 신호를 받고 서 있던 흰색 SUV 차량은 잠시 머뭇거리더니 경사진 도로를 빠르게 내달렸다. 100킬로는 넘겠는데요, 경찰이 옆에서 간죽거렸다. 경사진 도로라 평소 속도보다 더 빠르게 느껴질 수 있었다. 그녀가 봐도 시내 도로에서 낼 수 없는 속도였다. 무음 처리된 흑백 화면 속에서도 자동차의 굉음이 들리는 듯했다. 경사로를 내달린 자동차는 그대로 교통섬인 화단으로 돌진했다. 자동차는 가로수 두 그루를 들이박고 공중으로 붕 떠오르며 흙먼지 속으로 사라졌다. 그녀는 두 눈을 질끈 감았다. 차는 이십 미터 더 나간 뒤에야 멈추어 섰다. 흙먼지 속에서 한참 만에 모습을 드러난 자동차는 앞 범퍼가 심하게 찌그러졌다. 아무리 봐도 자폭이란 말이야. 경찰은 인명 피해를 내지 않고 혼자 사고를 낸 무흔의 자동차를 보며 자폭이라는 단어를 썼다. 그 말을 듣자 그가 마치 테러리스트처럼 느껴졌다.

"차 안에 이상한 장비들이 많던데, 저 양반 교통사고 로봇인가 뭔가 만든다고 하지 않았어요?"

그녀가 그렇다고 하자 자신이 만든 것을 실험하다가 사고를 낸 모양이라고 했다. 아무리 실험이라고 해도 늘 규정

속도를 지키며 운전하던 사람이 폭주족처럼 달렸다는 것이 믿어지지 않았다. 그녀는 아무 소득도 없이 경찰서를 나오면서 자신이 개발하려던 교통사고 감지 시스템을 완성했더라면 사고를 막을 수 있지 않았을까 하는 생각이 들었다.

"그래도 혼자 사고 낸 게 어디야."

언니도 경찰과 똑같은 말을 했다.

"자폭이라 다행이라는 거야?"

날이 선 그녀의 목소리에 수조 쪽으로 걸어가던 언니가 뒤돌아보았다. 그래도 다행이지 않느냐고, 다른 사람이 다치거나 죽었더라면 그녀가 더 힘들었을 거라고 말했다. 언니 말이 백 번 천 번 맞았다. 그런데도 무흔의 무책임한 행동에 화가 나는 건 어쩔 수 없었다.

"얘네들 뭐야. 어항에 눈이 내린 것 같아."

언니가 수조를 들여다보며 호들갑스레 말했다. 언제 태어났는지 수십 마리의 흰색 풍선몰리 유어들이 좁은 수조 속에 눈송이처럼 떠다녔다. 산란 통을 찾지 못해 분리해 주지 않았는데도 유어들은 부상 수초 사이를 자유롭게 돌아다녔다. 성어들의 괴롭힘도 눈에 띄지 않았다. 무흔이가 혹시 모를 불상사를 대비해 부상 수초를 빽빽하게 심어 놓은 것이 유어들의 안전한 피난처가 되었다.

무흔은 지극정성으로 물고기를 돌보았다. 그의 세심한 손길을 보고 있으면 아이가 태어나도 잘 보살필 수 있지 않을까 하는 생각이 들었다. 당장 아이를 가질 마음도 없었지만 채은은 그의 대답이 궁금했다. 몇 명이라도 낳기만 해. 내가 다 책임질게. 그런 호기로운 대답이 돌아올 거라고 기대했다. 하지만 무흔의 입에서 나온 첫 마디는 실망스러웠다.

"아기 낳을 거야?"

그 말에 그녀가 도리어 되묻고 말았다.

"그럼, 아기 안 낳을 생각이었어?"

무흔은 잠시 얼떨떨한 표정을 짓더니 그녀가 아이를 원하지 않는 줄 알았다며 조심스럽게 대답했다. 생각해보면 결혼하고도 자녀 계획에 대해 깊이 이야기를 나눈 적이 없었다. 임신과 출산이라는 자연스러운 과정조차 버거울지도 모른다는 생각을 은연중에 하고 있었던 건 아닐까. 그런데도 막상 무흔의 입을 통해 그런 말을 듣자 서운함이 몰려오는 건 어쩔 수 없었다.

사실 그가 누구의 간섭도 받지 않고 자신의 연구에만 몰두하고 싶다며 대학원을 그만둘 때부터 그와의 미래가 그려지지 않았다. 대학교수의 꿈이었던 사람이 결혼하고 몇 달 만에 학교를 그만두자 왠지 속은 기분이 들었다. 대학교수의 꿈은 접은 거냐고 묻자 길은 많다고 대답했다. 교수가 되는 길이 많다는 건지, 자신의 가야 할 길이 많다는 것인지 모호하게 대답이었다. 그와의 결혼으로 부족했던 그녀의 필모그래피가 드디어 완성되었다고 생각해 겨우 끼워 맞춘 퍼즐 한 조각이 떨어져 나간 기분이었다.

집에서 10분 떨어진 복권방 건물 옥탑에 연구실을 마련해 주었다. 그는 학교 다닐 때보다 더 성실히 출근했다. 저녁에 집으로 돌아오면 그녀가 모르는 인공지능에 관해서 이 이야기 저 이야기 들려주었다. 자신의 일만으로도 머릿속이 복잡해 그의 말이 귀에 들어오지 않았다. 더구나 언니와 함께 운영 중인 쇼핑몰이 겨우 숨만 내쉴 지경으로 바닥을 기고 있었다. 그 일에 신경 쓰느라 다른 일은 신경 쓸 겨를이 없었다. 그녀는 약간 짜증이 난 투로 로봇이 완성되었느냐고 물었다.

"아직 아니잖아. 완성하면 그때 얘기해줘."

그 말을 끝으로 무흔은 자신의 일에 대해 한마디도 꺼내지 않았다. 몇 년이 지나도 상황은 변하지 않았다. 답답해진 그녀가 더는 참기 힘들어 먼저 말을 꺼냈을 때, 그는 눈을 피하며 어물쩍 대답했다.

"그게 말이야, 레고 조립하듯 뚝딱 만들어지는 게 아니라고."

인공지능에 문외한인 그녀도 그 정도는 알고 있었다. 로봇 하나를 만드는데 몇 년, 아니 그보다 훨씬 긴 시간이 필요하다는 걸. 하지만 안다는 것과 견딘다는 것은 전혀 다른 문제였다. 진척이라고는 전혀 보이지 않았다.

"춤추는 로봇이라도 만들지, 그래?"

그녀의 비아냥거림에 무흔은 한숨을 내쉬었다. 그때쯤 주말반 수강생을 모집해 운영한다는 말을 듣고 교통사고 감시 시스템은 물 건너갔다는 생각이 들었다.

그가 연구실에 박혀 있는 동안, 그녀는 전셋집에서 더 작은 전셋집으로 옮겨 다녔다. 혼자 이삿짐을 싸고 풀어내는 일은 쉽지가 않았다. 박스를 옮길 때마다 해묵은 감정과 불편한 기억도 켜켜이 쌓여갔다. 몇 번의 이사 끝에, 그를 믿고 기다렸다간 평생 내 집 마련은 꿈도 못 꿀 꺼 같아 결단을 내렸다. 받을 수 있는 대출은 몽땅 끌어모아 그녀의 이름으로 된 주거용 오피스텔을 마련했다. 오피스텔로 이사하는 날에도 그는 연구실에 있었다. 남의 일처럼 늘 한 발짝 물러 서 있는 그를 볼 때면 답답했지만 차라리 그게 마음이 편했다. 그에게 새집 주소를 알려주었다. 자기 일이 아닌 것에는 서툴고 잘 잊어버리는 그가, 그날 밤늦게까지 집에 들어오지 않았다. 그녀는 그에게 전화를 걸었다.

"운헌동."

"왜 거기 있어?"

이사한 날이라는 걸 깜빡했다고 했다. 지금 놀이터에 앉아 캔맥주를 마시고 있다며 곧 들어갈 거라고 했다.

"우리가 살던 집 창문에만 도화지를 붙여 놓은 것 같이 까매."

"당연한 거 아냐. 새로 이사 올 사람이 안 들어왔잖아."

"그런가."

그는 취기가 묻어나는 목소리로, 여기 살 때도 늘 우리 집만 늦게까지 불이 꺼져 있다고 말했다. 그녀는 그가 술에 취해 횡설수설한다고 생각했다. 오피스텔로 이사 오고 나서 며칠 안 되었을 때였다. 밤늦은 시간에 오피스텔 입구에서 그를 만났다. 무흔은 목을 뒤로 꺾고 30층 높이의 오피스텔을 올려다보았다. 뭐하나 싶어 뒤에서 계속 지켜보았다. 손가락 끝으로 오피스텔 층수를 짚으며 올라갔다. 여러 번 실패 끝에 그의 손끝이 멈춘 곳은 22층이었다. 새로 이사 온 집이었다. 인기척을 느낀 그가 뒤를 돌아보았다.

"우리 집만 불이 꺼져 있어."

그가 의기소침해서 말했다.

"나도 이제 퇴근했잖아."

피곤해 쓰러지기 일보 직전인 사람에게 말 같지 않은 말을 하는 그를 보자 짜증이 몰려왔다.

"난 당신이 먼저 집에 와 있는 줄 알았어."

"그러지 말고 물고기한테 불 좀 켜 놓으라고 해."

그녀가 더 늦게 퇴근하는 걸 알면서도 투정 부리듯 말하는 그가 어이가 없었다.

복층으로 된 집은 넓고 반짝거렸다. 반짝거리지 않는 것은 무흔뿐이었다. 그가 복층을 자신의 방으로 쓰겠다고 했을 때 채은은 흔쾌히 허락했다. 연구에만 몰두하는 사람이라 아무래도 자기만의 공간이 필요하기도 했다. 무엇보다 밤늦게 집으로 들어갈 때마다 놀다 들어오는 것도 아닌데 신경이 쓰였다. 꽝인 복권 쪼가리를 손에 쥐고 있는 것 같아 그를 바라보는 그녀의 시선도 곱지 않았다. 어느 순간 그들은 같은 공간에 있지만, 전혀 다른 공간에 있는 사람처럼 데면데면했다. 같이 집에 있는 날에도 그는 복층에서 거의 내려오지 않고 물고기 밥 줄 때나 한 번씩 내려왔다.

그날은 겨울 시즌을 준비하기 위해 새로 만든 샘플을 찾아오는 길이었다. 야심 차게 준비한 가을 신상품인 쇼트 재킷을 보기 좋게 말아먹은 뒤라 여느 때보다도 마음이 무거웠다. 작년과 엇비슷하다는 날씨는 10월로 접어들어도 더위가 꺾이지 않았다. 가을 날씨라고 믿을 수 없을 만큼 무더웠다. 매출 상위를 기록하던 재킷은 온화한 기온이 지속되자 찾는 사람이 줄어들었다. 구매했던 사람들마저 반품으로 이어졌다. 사무실 한편에 쌓여 있는 재킷을 보며 영혼을 갈아 넣는 심정으로 다시 겨울 시즌을 준비했다. 봉제

공장은 집에서 가까웠다. 다음날 사무실로 출근할 때 들고 갈 요량으로 무거운 가방을 끌고 집으로 향했다.

무흔은 수조 물갈이하느라 바빴다. 전날 미리 받아둔 물을 부으며 환수를 하고 있었다. 풍선몰리는 먹성이 좋았다. 똥을 많이 싸 금방 수조가 탁해졌다. 그는 아무리 바빠도 일주일에 한 번씩 환수를 해 주었다. 저녁도 못 먹고 정신없이 뛰어다니다 들어왔는데 그는 한가하게 물 생활이나 즐기고 있었다. 수조에 차오른 물만큼 그녀의 분노 게이지도 차올랐다. 그런데도 그는 끝까지 눈치도 없이 풍선몰리 걱정뿐이었다.

"물갈이를 해 주면 좀 나아질 줄 알았는데, 어미가 바닥에 엎드려 꼼짝도 안 해."

수조 바닥에는 블랙 풍선몰리가 미동도 없이 엎드려 있었다. 그는 온도계를 꺼내 물의 온도를 확인했다. 환수해준 뒤 물의 적정 온도는 24도에서 26도였다.

"25도데 왜 그러지."

그는 온도계를 수조에 넣었다 빼며 몇 번이나 확인했다.

"내 온도는 몇 도인 줄 알아?"

그제야 불편한 심기를 눈치챈 그가 나지막이 말했다.

"당신 물고기였어."

"정리하자고 했는데 키우자고 한 건 당신이었어."

그녀도 모르게 격양된 목소리가 튀어나왔다. 그녀는 새로 분양받은 오피스텔에 수조를 들이고 싶지 않았다. 시골 다방에 있는 수족관처럼 촌스럽게 느껴졌다. 그는 등을 보이고 말없이 뒷정리를 했다. 등마저도 굳게 닫힌 입처럼 보였다.

채은은 샘플 옷을 거실에 펼쳐 놓고 원단과 봉제 불량을 꼼꼼히 확인한 다음 코디에도 신경 썼다. 사람들은 의외로 옷 고르는 걸 힘들어했다. 코디네이터가 진열해 놓은 옷을 그대로 사는 경우가 많았다. 상의와 하의를 이리저리 맞춰 보고 있는데 그때까지도 그는 수조 앞을 지키고 있었다.

그의 뒷모습에서도 물고기를 향한 애틋함이 고스란히 묻어났다. 언제 한 번이라도 자신을 향해 저런 표정을 지은 적이 있었던가 생각하니 문득 서글픔이 몰려왔다. 마주 보고 있어도 그의 시선은 늘 다른 곳을 향해 있었고, 그들이 처음 만난 날조차도 그는 그녀보다 물고기에 더 빠져 있었다.

블랙 풍선몰리는 끝내 수면 위로 떠올랐다. 그러자 다른 물고기들이 기다렸다는 듯이 달려들어 살점을 사정없이 쪼아댔다. 뜰채를 가져와 죽은 물고기를 건져내는 그의 얼굴에는 짙은 수심이 드리워졌다. 몇 시간째 수조에 매달려 있는 그를 보고 있자니 그녀의 인내심에도 한계에 다다랐다.

"쓸데없는 데 시간 낭비하지 말고 차라리 완벽한 유전자를 가진 풍선몰리를 만들지 그래. 그럼, 물갈이해 줄 필요도 없고 죽일 일도 없잖아."

그녀는 날카롭게 쏘아붙였다. 그는 죽은 물고기를 변기에 버리고 복층으로 향했다. 그녀는 거실에 아무렇게나 펼쳐놓은 옷을 밟고 지나가는 그를 향해 냅다 소리를 질러버렸다.

"미쳤어?"

무흔은 원망이 가득한 눈빛으로 그녀를 한번 쳐다보더니 성큼성큼 복층으로 올라갔다. 나무계단을 내디딜 때마다 맨발인 그의 발바닥에서 얕은 한숨 소리가 새어 나왔다. 자신도 모르게 샘플 옷을 움켜잡았다. 그녀는 얼른 옷을 내려놓으며 주름이 지지 않았는지 살폈다. 캐시미어가 함유된 브이넥 티셔츠는 금방 원상복구가 되었다.

언니의 호출이 아니었더라면, 그날 밤 어떻게 됐을까. 대판 싸움이 벌어지지 않았을까. 미움과 원망에 미칠 듯이 요동쳤다. 과호흡이 찾아왔다. 스트레스가 치솟을 때마다 한번씩 찾아오는 증세로 힘들어할 때, 악성 고객이 게시판에 댓글로 도배를 해놓았다는 언니의 전화를 받았다. 그녀는 밤늦게 사무실로 향했다.

"세탁한 것이 확실한데 환불해 달라고 우기잖아."

언니 말대로 고객이 반품한 옷에서 섬유 유연제 냄새가 풀풀 풍겼다. 사용한 흔적이 뚜렷했다. 더구나 상자나 라벨

이 훼손되면 반품이 안 된다고 명시했음에도 계속 환불을 요구했다. 고객은 자신의 요구를 들어주지 않자 게시판에 댓글 테러 중이었다. 게시판은 진상 고객이 올린 댓글로 도배가 되어 있었다. 그녀는 고객이 올린 글마다 댓글을 달았다. 저도 머스크향 좋아해요!

자정이 다 돼 집으로 돌아왔을 때 집안이 어두컴컴했다. 화장실에서 불빛이 새어 나왔다. 그녀는 펼쳐 놓은 옷을 피해 조심스럽게 화장실로 향했다. 문을 열자 변기 앞에 쪼그리고 앉아 있는 무흔의 모습이 보였다. 처음엔 속이 안 좋아 구토하는 줄 알았다. 화들짝 놀라 자리에서 일어난 그가 그녀를 보며 말을 더듬거렸다.

"안, 잤어?"

그는 그녀가 나간 것도 모르고 있었다. 뭐 하는 거냐고 묻자 온몸으로 그녀를 막아섰다. 채은은 그를 거세게 밀어붙이며 변기를 들여다보았다. 변기 안에는 꼬물거리며 돌아다니는 서너 마리의 풍선몰리가 보였다. 그가 당황해하며 물을 내렸다. 물고기가 회오리치며 변기 속으로 빨려 들어갔다.

"뭐 하는 짓이야?"

그녀가 소리치자 무흔은 눈을 떼굴떼굴 굴리며 말했다.

"실험, 실험했어. 변기 구멍 속으로 물고기가 들어가는지 궁금했거든."

누가 봐도 뻔한 거짓말을 했다. 그만 정리하자고 했을 때 잘 키워 보겠다고 하더니 이러려고 그랬냐며 그녀가 악다구니를 치자 그는 체념한 듯 변기에 주저앉았다. 그녀는 고개를 떨구고 앉아 있는 그를 향해 발매트를 집어 던졌다.

"살인자 새끼!"

다음 날 그가 교통사고로 응급실에 있다는 연락을 받았을 때 가장 먼저 떠오른 말이었다. 아침 일찍 샘플 옷을 챙겨 집을 나왔을 때 무흔에게서 계속 전화가 걸려 왔다. 채은은 전화를 받지 않았다. 진상 고객은 게시판 테러도 부족했는지 계속 전화를 해 대는 바람에 전화를 받을 기분이 아니었다. 솔직히 받고 싶지 않았다.

장례를 치르는 동안에도 그녀가 마지막으로 퍼부었던 막말과 화장실에서 참담한 얼굴로 주저앉아 있던 그의 모습이 머릿속에서 떠나지 않았다. 그를 떠나보낸 지 한 달이 다 되어가는 지금도 상황이 달라지지 않았다. 언제나 그래 왔던 것처럼 금방 일상으로 돌아갈 줄 알았다. 더구나 언제부턴가 그는 없는 존재나 다름없었다. 그의 마지막 모습이 시시때때로 파도처럼 밀려와 눈앞에서 일렁거렸다. 일이 손에 잡히지 않았다. 그 기억은 그녀의 몸 안에서 뿌리를 내리고 온몸을 휘어 감았다.

"네가 없는 걸 아는지 매출이 더 떨어져."

언니는 아직도 진상 고객이 댓글 테러 중이라며 매출 걱정을 했다. 그러면서 무슨 속셈인지 니트 카디건 하나를 추가 주문했다며 이번엔 또 어떤 섬유 유연제를 사용할지 모르겠다며 웃었다.

"라벤더 향 아닐까."

채은은 농담을 했다. 그러자 언니가 난 라벤더 향 싫어, 하면서 미간을 찌푸렸다.

"우리 그만둘까."

그녀의 입에서 엉뚱한 말이 튀어나왔다. 갑작스러운 그녀의 말에 언니의 얼굴에서 웃음기가 사라졌다. 자신이 말해 놓고도 놀라기는 마찬가지였다. 서로 한참 동안 말이 없었다. 누구나 성공으로 이어지지 않는다는 걸 알면서도 칠년을 버텼다. 전문대 패션학과에 입학할 때부터 쭉 쇼핑몰을 꿈꾸어 왔다. 이제 뒤로 물러설 곳이 없었다.

"내일 전화할게. 우선 좀 쉬어."

언니가 에코백에서 비타민 음료 하나를 건네주고 갔다. 그녀는 비타민 음료를 마시며 자신의 모든 것을 쏟아부으며 지켜낸 일인데 이렇게 쉽게 포기할 생각을 하다니. 자신에게 부끄러웠다. 그래 우선 좀 쉬자, 하면서도 또다시 영수증을 집어 들었다.

작업실에 틀어박혀 연구만 하던 사람이 어디를 이렇게 쏘다닌 것일까. 그녀와 같이 장을 보거나 물건을 산 영수증은 한 장도 없었다. 더구나 남자들끼리 어울려 갈 만한 장소도 아니었다. 여자와 같이 간 것이 분명한 증거들이 그녀의 눈앞에 펼쳐졌다. 영수증 행간과 행간 사이에 여자의 손을 잡고 걸어가는 무흔의 뒷모습이 아른거렸다.

채은은 그가 생전에 어디를 다녔는지 궁금했다. 그녀와는 한 번도 가본 적이 없는 곳에서 무슨 생각을 하고 어떤 웃음을 지었을까. 혹시 그의 곁에 다른 여자가 있었더라도 이제 와서 아무 의미도 없었다. 그녀는 그저 그의 행적을 따라가 보기로 했다.

채은은 검색창에 상호를 입력했다. 영수증이 많아 하나하나 검색하기가 쉽지 않았다. 심부름센터에 의뢰했다. 영수증에 나온 장소를 찍어서 보내 달라고 하자 사장은 정말 사진만 찍어서 보내면 되느냐고 물었다.

"누구하고 같이 갔는지 궁금하지 않으세요? 사람 찾는 것까지 포함하면 돈이 더 들긴 하지만 이런 일은 초장에 잡아야 하거든요."

채은은 영수증에 적힌 장소가 어디 있는지 알고 싶을 뿐이었다. 정말 사진만 있으면 되는 거 맞죠? 그는 다시 한 번 확인했다. 의뢰한 지 이틀 만에 휴대전화로 사진이 차례대

로 도착했다. 족욕 카페, 맛집, 공원 안에 있는 편의점, 북
카페, 미술관, 소극장…… 그녀와는 한 번도 가본 적이 없
는 곳들이었다. 여기에 이런 곳이 있었나 싶을 만큼 구석구
석 돌아다녔다. 연구실에만 박혀 지내던 사람이 어떻게 이
런 곳을 알고 찾아갔던 것일까. 정말 여자가 있었던 건 아
닐까. 그래도 선뜻 믿어지지 않았다. 그를 이런 곳으로 이
끈 이유가 따로 있지 않을까.

　그가 다녔던 곳을 따라가 보기 전에, 먼저 해결할 일이 있
었다. 그가 연구실로 쓰던 옥탑방을 아직 정리하지 못했다.
밀린 월세도 정산하고 보증금도 받아야 했다. 계약할 때 가
보고 처음 찾아가는 길이었다. 건물 1층 복권방으로 들어
가자, 주인이 먼저 그녀를 알아보았다. 여긴 어쩐 일이세
요. 그녀는 조심스럽게 보증금 이야기를 꺼냈다. 여자가 두
눈을 크게 뜨며 반문했다. 보증금요? 외국 연구소로 간다
고 받아 가셨잖아요. 처음 듣는 말이었다. 여자는 여길 나
간 지 꽤 됐다고 했다. 그녀의 앞에서는 매일 연구실로 출
근하던 사람이 도대체 무슨 일을 꾸미고 다닌 것일까. 어디
로 간다고 하던가요? 쿵쾅거리는 가슴을 누그러트리고 그
녀가 간신히 물었다. 여자가 듣기는 들었는데 기억이 나지
않는다고 했다. 이런 경우를 대비해 부동산 계약서를 보관
해두었다며 서류철을 가져왔다. 그곳에는 돈을 받아 갔다

는 그의 사인이 또렷히 남아 있었다. 누구도 흉내 낼 수 없는 특이한 필체의 사인.

이무흔.

그는 5,000만 원이나 되는 큰돈을 받아 놓고도 단 한마디 하지 않았다. 그녀는 매일 연구실로 출근하는 그에게 용돈까지 챙겨 주었다. 자신이 알고 있는 사람이 맞나 싶을 만큼 감쪽같이 속였다. 대체 그는 누구일까. 대학원을 다니고 로봇 연구를 했던 사람이 맞기나 한 걸까. 머릿속이 어지러웠다. 전세 계약서를 그의 앞으로 해주는 것이 아니었다. 전부 당신 거네. 계약서를 쓸 때 그 말이 마음 한편에 걸렸다. 연구에 매진하라는 뜻으로 그의 앞으로 계약서를 써 주었다.

복권방에서 나오자 투명한 햇볕이 따갑게 내리쬈다. 충격을 받은 탓인지 머리가 어지러웠다. 한참을 차에 앉아 있었다. 이대로 집에 들어갈까 하다가 영수증에 나온 백화점 7층으로 차를 몰았다. 백화점 갤러리에는 책장에서 봤던 화가의 전시회가 열리고 있었다. 화집을 휘리릭 넘기며 봤던 그림도 몇 점 보였다. 그녀는 그림을 감상했다. 대부분 밝은 노을빛이 구름을 통해 나타나는 하늘을 표현한 그림이었다. 어두운 빛이 점점 밝아지고 퍼즐 조각을 이어 붙이듯 여러 가지 색이 조각조각 이어지기도 했다. 하늘은 변화

무쌍했다. 그는 변화를 그다지 좋아하는 사람이 아니었다. 무엇이 그의 마음을 요동치게 했을까. 그녀는 천천히 옆으로 자리를 옮겼다. 로브 카디건을 입은 여자가 아까부터 청색과 짙은 보라색이 뒤섞여 어두운 노을 그림 앞에 붙박여 있었다. 대부분 밝은 색상의 그림이 주를 이뤘는데 그 그림만은 유독 어두웠다. 그녀가 그림을 다 보고 나올 때까지도 여자는 그 자리에서 꼼짝하지 않았다.

다음으로 찾아간 곳은 공원이었다. 여러 갈래의 산책길이 나 있는 공원은 제법 컸다. 이 공원 편의점에서 결제한 영수증이 나온 곳이었다. 공원을 산책하는 그의 모습을 상상하며 오랫동안 벤치에 앉아 있었다. 배가 출출했다. 늦은 오후가 될 때까지 아무것도 먹지 못했다. 배도 채울 겸 베트남 음식점으로 향했다. 얼마나 자주 갔는지 여러 장의 영수증이 나온 곳이기도 했다. 이른 저녁 시간인데도 벌써 사람들이 길게 줄을 서 있었다. 쌀국수가 줄을 서서 먹을 만큼 대단한 음식이었나. 뭘 먹든 배만 채우면 되는 사람이 여기까지 왔다는 것이 의아했다. 얼마나 맛있길래 줄까지 서서 먹는지 그 맛이 궁금했다.

드디어 그녀의 차례가 되었다. 종업원이 몇 명이냐고 물었다. 혼자라고 하자 꽉 찬 테이블을 둘러보며 합석해도 괜찮은지 물었다. 종업원은 여자 혼자 앉아 있는 자리로 안내

했다. 쌀국수를 먹던 여자가 어색한 웃음을 지으며 눈인사
했다. 아까 갤러리에서 봤던 여자였다. 베이지색 로브 카디
건을 보고 알아보았다. 그녀도 쌀국수를 주문했다. 향신료
향이 강하지 않고 국물이 깔끔했다. 회사 근처에서 먹던 쌀
국수와는 맛이 다르긴 했다. 그래도 줄을 서서 먹을 정도는
아니라는 생각이 들었다.

　무흔은 어디에 앉았을까. 그녀는 북적거리는 식당을 둘러
보았다. 하롱베이 키스 바위 사진을 보자 연애할 때 한 번
와 본 곳이라는 걸 알았다. 바위도 키스하네, 사진을 보며
웃던 그의 모습이 떠올랐다. 그리고 쌀국수와 채소 잎으로
싼 음식도 함께 주문했었다. 이건 벼락 치듯 먹어야 해. 채
소잎으로 싼 버라롯을 먹으며 그가 말했다. 그는 생소한 음
식 이름도 공부하듯이 외웠다. 다음에 또 오자고 했다. 음식
을 먹고 그가 또 오자고 한 건 그때가 처음이었다.

　여자는 늦게 들어온 그녀보다 더 천천히 먹었다. 이왕 온
김에 그와 함께 먹었던 버라롯을 오랜만에 맛보고 싶었다.
일행을 기다리는 듯 그녀는 여자가 다 먹기를 기다렸다. 채
은은 여자가 젓가락을 내려놓자 다른 것도 맛보고 싶은데
혼자 먹기 양이 많다며 같이 먹어 줄 수 있느냐고 물었다.
여자는 갑작스러운 제안에도 흔쾌히 대답했다.

　"사실 나도 더 먹고 싶었거든요."

여자가 웃으며 그녀가 앉은 테이블 쪽으로 몸을 기울였다.

"버라롯 먹어보셨어요? 이건 여기밖에 없다고 들었어요."

무슨 비밀이라도 되는 양 그녀도 여자 앞으로 몸을 기울였다. 여자는 먹어보지 못했다며 같이 먹어보자고 했다. 한참 만에 주문한 음식이 나왔다. 그녀는 여자에게 먼저 맛보라고 권했다. 여자가 하나를 집어 맛보았다.

"오, 맛있는데요?"

입에 맞지 않으면 어쩌나 걱정했는데 여자의 표정을 보아 잘 시켰다는 생각이 들었다. 맛은 그때 그대로였다. 한 번 더 오지 못한 것이 후회되었다. 여자는 음식을 먹으며 친한 친구에게 말하듯 자분자분 자신의 이야기를 꺼내 놓았다. 남자친구와 헤어졌다고. 헤어진 것이 아니라 일방적으로 연락이 끊겼다고 말했다. 그날도 여기 와서 점심을 먹었는데 무슨 영문인지 모르겠다며 한숨을 내쉬었다.

"기다리면 다시 연락이 오지 않을까요?"

그녀는 여자가 원할 것 같은 대답을 해 주었다.

"그렇겠죠?"

여자가 반색했다. 웃을 때 윙크하듯 한쪽 눈이 살짝 감겼다. 집에서 굶다시피 하다가 과식을 한 탓인지 배가 살살 아프기 시작했다. 화장실이 급했다. 먼저 자리에서 일어서려니 미안해서 주저하고 있는데 뱃속에서 폭풍우가 몰아쳤다.

그녀는 어쩔 수 없어 자리에서 일어났다. 같이 먹어주어 고맙다며 아까 먹은 쌀국수까지 계산하겠다고 했다. 그러자 여자가 손사래를 치며 그녀의 손에 2만 원을 쥐여 주었다. 우리 더치페이해요. 실랑이할 시간이 없었다. 급하게 화장실로 들어갔다가 나오자 여자는 가고 없었다.

다음 장소로 이동하려고 영수증을 찾았지만 보이지 않았다. 집에서 나올 때 분명히 챙겼다. 식당으로 들어가 테이블이나 화장실까지 확인했지만 없었다. 아마 여기 오기 전에 들렀던 백화점 갤러리나 공원에서 잃어버린 모양이었다. 다시 그곳까지 돌아가려니 너무 멀리 왔다. 심부름센터에서 보내온 사진을 보려고 휴대전화를 찾다가 문득 이런 생각이 들었다, 지금 무슨 짓을 하는 거지, 이 세상에 없는 사람 뒤나 쫓고 있는 자신의 꼴이 우스워졌다.

먼저 간 줄 알았던 여자가 주차장 등나무 그늘에 앉아 자판기 커피를 마시고 있었다. 그녀를 발견한 여자가 환하게 웃으며 다가왔다. 그런데 걸음걸이가 어딘가 불편해 보였다. 오른쪽 다리를 살짝 절었다. 덕분에 잘 먹었어요. 인사를 건네며 출구 쪽으로 향하던 여자가 경계석에 발이 걸려 넘어졌다.

"태워드릴까요?"

여자는 바지에 묻은 먼지를 털어내고 조수석에 올라탔다.

파쇄석이 깔린 좁은 골목을 빠져나오며 그녀가 어디서 내려주면 되겠냐고 물었다. 여자는 바다에 갈 거라며 가까운 버스정류장에 내려달라고 했다.

"노을을 보고 들어가려고요."

노을이라는 말에 귀가 솔깃했다.

"나도 같이 보러 가면 안 될까요?"

그럼 좋죠, 여자가 담백하게 대답했다. 두 사람은 함께 노을을 보러 가기로 했다. 꼬불꼬불한 해안선을 따라 달리자 여자가 운전을 잘한다며 칭찬했다. 자신은 아직 운전면허증이 없다고, 몇 번 시도했다가 포기했다며 자신의 오른쪽 허벅지를 툭 쳤다. 교통사고가 났었어요. 그때 남자 친구가 구해 주지 않았더라면 이렇게라도 걸어 다닐 수 없었을 거예요. 여자가 씁쓸하게 웃었다. 그녀가 갤러리에서 봤다고 하자 여자가 놀란 눈으로 남자 친구가 노을 그림을 좋아해서 벌써 세 번째 그 전시회를 봤다고 했다.

갓길에 차를 세우고 등대로 이어진 샛길을 따라 걸어 들어갔다. 옅은 해무가 성큼성큼 다가왔다. 해가 지기 시작한 하늘은 거친 붓으로 쓱쓱 그린 듯 노을이 하늘을 삼켰다. 멀리 흰 등대 기둥 위에 그려진 고래 그림이 눈에 익었다. 마치 앞에서 무흔이가 누군가의 손을 잡고 등대 쪽으로 걸어가는 것 같았다. 하늘은 주황빛으로 물들었고, 고래는 작고 여린 풍선몰리로 변했다. 꼬리지느러미를 흔들며 한 마리씩 저녁노을 속으로 뛰어들었다.

"풍선몰리 좋아하세요?"

채은은 여자의 손을 내려다보며 물었다. 여자는 뜬금없는 그녀의 질문에도 어떻게 알았냐며 자신의 휴대전화 꺼내 사진첩에 저장된 사진을 보여주었다. 사진첩에는 수십 장의 풍선몰리 사진과 동영상이 저장되어 있었다.

"귀엽죠? 얘 척추 기형 유전자를 가지고 태어났대요. 사람으로 치면 곱사등이라고 하더라고요."

"풍선몰리에 대해 많이 아시네요."

"남자 친구가 풍선몰리를 좋아했거든요."

여자는 어둠이 깔리기 시작한 바다를 보며 이제 폴더에 저장된 사진도 지우고 여기에 다시 올 일은 없을 거라고 했다. 여자의 얼굴에도 노을빛이 물들기 시작했다.

"갈까요."

여자가 앞장서서 어둠 속을 걸어갔다. 그녀는 뒤따랐다. 절뚝이며 걷는 여자의 뒷모습은 어딘가 비틀린 물고기 같았다.

그녀는 오피스텔 단지 입구에서 안으로 들어가려다 말고 까마득히 치솟은 건물을 올려다보았다. 그가 했던 대로 손가락으로 층을 짚어가며 이십이 층 자신의 집을 찾았다. 자꾸 중간쯤에서 층수를 놓쳤다. 다시 일 층부터 시작했다. 몇 번의 시도 끝에 그녀는 따뜻한 불빛 사이로 까만 도화지를 붙여 놓은 듯 어두운 창문에 손이 멈추었다. 그가 말대로 다음에 이사 갈 때는 십 층 이하로 가는 게 좋겠다고 생각했다.

거실 바닥에 죽어 있는 풍선몰리가 보였다. 풍선몰리가 점프 실력까지 갖추고 있는 줄은 몰랐다. 수조 속 물고기들도 배를 뒤집고 죽어 있었다. 그 많던 유어들이 어디로 갔는지 보이지 않았다. 수초 사이에 숨었나 싶어 수조를 톡톡 건드리자, 유어 몇 마리가 튀어나왔다. 그녀가 잠시 집을 비운 사이에 수조에 무슨 일이 있었던 것일까. 그녀는 언니에게 전화를 걸었다.

"물고기를 키울 생각 없어?"

"이제 물고기까지 나한테 맡기게?"

"언니가 좀 맡아줘."

"거기 갖다 줘. 제부가 좋아할 거야."

언니가 대답을 듣지도 않고 전화를 끊어버렸다. 그녀는 멍하니 부유물이 떠다니는 수조를 바라보았다. 여과기에서 흘러나온 물방울이 톡톡 터졌다. 뜰채를 가져와 살아 있는 풍선몰리를 건져냈다. 통에 담아 복층으로 들고 올라갔다. 책꽂이에 꽂혀 있는 화집을 꺼내 펼쳐 들자, 주황빛 하늘이 펼쳐진 노을 사이로 풍선몰리가 뛰어들기 시작했다.

갈매기 호텔

난바다에서 조업을 끝낸 어선이 항구로 돌아왔다. 불을 환하게 밝힌 오징어 채낚시 어선에서 수십 개의 알전구가 휘청거리며 불빛을 쏟아냈다. 방파제 끝에 서 있는 등대의 불빛에 따라 배가 천천히 움직였다. 일출과 일몰에 따라 자동으로 켜졌다 꺼지는 등대는 바다의 신호등이다. 흰색 등대에는 파란 불빛이, 빨간 등대에는 빨간 불빛이 켜졌다. 그 불빛에 따라 항구를 드나드는 어선들이 서로 충돌하지 않고 지나다닌다. 등대는 1초의 불빛을 밝히기 위해 5초 동안 숨을 죽이며 어둠 속에 잠겨 있었다.

어슴푸레한 어둠 속에 깔린 바다는 하늘과 분간이 되지 않았다. 엷은 막 속에 쌓여 있는 바다는 어디가 하늘이고 바다인지 알 수 없을 만큼 온통 푸른빛이다. 전국 각지에서 모여든 활어 수송차들이 전조등 불빛을 밝히며 모여들었다.

그는 이른 새벽에 내려왔다. 사나운 바다는 생선회를 뜨는 시퍼런 칼날처럼 잠시도 숨을 죽이지 못하고 들썩였다.

긴 외투에 털이 부숭부숭한 솔로 어깨를 감쌌는데도 바닷바람은 옷깃을 헤집고 매섭게 파고들었다. 자판기에서 율무차를 연거푸 두 잔이나 빼 마셨는데도 좀처럼 추위가 가시지 않았다. 장도 추위 앞에서는 어쩔 도리가 없는지 몸을 옹송그리며 종종걸음쳤다. 나도 덩달아 종종걸음을 치며 그의 뒤를 따라다녔다. 그를 만나기 위해 이른 새벽에 집을 빠져나왔다. 바닷가에 살면서도 아침 일찍 바다에 나오는 일은 극히 드물었다. 사람들이 밤새 조업을 끝내고 돌아온 어선 주위로 모여들었다. 저마다 씨알이 굵고 싱싱한 활어를 사기 위해 앞을 다투는 동안에도 장은 멀찍이 떨어져 지켜만 볼 뿐이었다. 조바심이 난 나는 그를 앞쪽으로 끌어당겼다.

"뭐해요. 빨리 안 고르고?"

"괜찮아. 천천히 해도 돼."

그는 무슨 생각인지 느긋했다. 나는 그의 그런 모습을 보며 불안했다. 전처럼 활어 상태를 꼼꼼히 살피거나 시세를 따지지도 않았다. 그가 산 활어는 사람들이 거들떠보지 않는 씨알 작은 오징어였다. 활어에 대해 잘 모르는 내가 봐도 크기에 비해 가격이 터무니없이 비쌌다.

"괜찮겠어요?"

"괜찮아. 집사람 수완이 보통이 아니거든. 비싸게 산 횟감일수록 더 잘 파는 재주가 있어. 요즘 자주 사다 나른다고 뭐라고 하긴 하지만. 활어가 수족관에 오래 있으면 기름기가 빠져 회 맛이 덜하거든."

장의 아내가 횟집 수족관에 오래된 활어나 죽은 것들도 모아 매운탕을 끓여 내놓기도 한다고 했다.

나는 활어 수송차에 오징어를 옮겨 싣는 남자를 구경했다. 남자는 양동이에 담긴 오징어를 활어 수조로 옮겼다. 오징어는 팔딱거리며 수조 안으로 미끄러져 들어갔다. 투명한 물방울이 튀었다. 오징어를 다 옮겨 실은 뒤 남자가 공중에 설치된 파이프에서 커다란 호스를 끌어왔다. 활어 수조 안으로 바닷물이 콸콸 쏟아졌다. 금방 물이 차올랐다. 오징어는 늘씬한 몸매를 뽐내며 활기차게 헤엄쳤다.

"난 양동이로 바닷물을 퍼담는 줄 알았어요."

"이런, 바닷가에 사는 사람이 그것도 몰랐어?"

"이렇게 일찍 바다에 나올 일이 없잖아요."

장이 고개를 끄덕였다. 푸른 막 속에 갇혀 있던 바다가 서서히 밝아졌다. 그는 아내가 눈치챘는지 내려가지 못하게 막더라며 침통한 얼굴을 쓸어내렸다. 나는 그를 돌아보며 드디어 올 것이 왔다는 생각이 들었다.

"이제 자주 못 내려오겠네요."

풀죽은 내 목소리에 장은 자신도 이제 바닷가 사람 다 된 것 같다며 며칠 바다를 못 보면 답답하다고. 그래서 가끔 수족관에 손을 담그기도 한다고 말했다.

"집사람이 별 희한한 짓거리 다 한다고 난리야."

"여기 오는 이유가 바다를 보기 위한 거네요?"

장이 활어를 사기 위해 먼 길을 달려오는 것이 아니라는 걸 알면서도 나는 뿌루퉁하게 말했다. 보통 땐 한 달에 두어 번 내려오다가 나와 만나기 시작하면서 일주일에 한 번은 내려왔다. 언제나 내려오는 목적은 똑같았다. 싱싱한 횟감을 싸게 사기 위해서였다.

"당신은 내 마음속 아주 넓은 바다야. 난 그 바다를 보기 위해 매일 꿈을 꿔."

장이 내 어깨를 감싸며 말했다. 밤새 까칠까칠하게 자라난 그의 수염이 내 볼에 닿았다. 싸늘한 감촉에도 가슴은 뭉클해졌다. 마흔이 가까운 나이도 잊은 채 나는 그의 앞에서 한없이 작아지고 여려지는 기분이 들었다.

"집사람에게 횟집을 넘겨줄 생각이야."

오징어를 활어 수송차에 싣고 난 뒤 몸을 녹이기 위해 들어간 카페에서 그가 느닷없이 말을 꺼냈다. 꿀꺽 삼킨 뜨거운 커피에 목이 따끔거렸다. 혀로 지그시 목 안쪽을 눌렀다. 일찍 문을 연 카페는 추위를 피해 들어온 사람들로 북적거렸다. 그의 목소리가 커졌다.

"은행 융자도 집사람 앞으로 받았거든. 난 아직 회 뜨는 것도 서툴고."

현실감이 없었다. 그와 함께 하는 미래를 상상한 적이 없었던 건 아니지만, 결코 내 몫의 사람이 될 수 없다는 것을 누구보다 잘 알고 있었다. 언젠가 그는 자신의 울타리 안으로 돌아갈 사람이었다. 그런데 그가 이혼을 말했다. 그 순간, 나는 무슨 대답을 해야 할지 아무것도 생각나지 않았고 가슴만 쿵쾅거리며 요동쳤다.

카페를 나와 트럭에 오르던 장이 말했다. 이렇게 만나는 것도 얼마 남지 않았다며 조금만 기다려달라고 했다. 그는 여느 때보다도 말이 많았다. 나는 그 모습을 바라보며 알 수 없는 불안감이 밀려왔다. 마치 자신의 불안함을 감추기 위해 너스레를 떠는 사람 같았다. 오염된 바닷속에서 신열을 앓는 물고기처럼 쉴 새 없이 입을 벙긋거렸다.

대나무 숲이 서걱거렸다. 집 뒤 빼곡히 둘러싼 대숲은 바다에서 불어오는 바람에 저녁 내내 수선스러웠다. 저녁을 먹으면서도 고양이 울음소리와 흡사한 바람 소리에 신경이 온통 그쪽으로 쏠렸다. 어머니는 귀에 들리지 않는지 연신 콩나물 국물을 후루룩 떠먹었다. 텔레비전 불빛이 어른거렸다. 어머니는 장미장에 손님이 들 때까지 안방이나 마루에 불을 켜지 않았다. 현관 입구에 켜놓은 전등 불빛이 대청마루를 지나 안방까지 건너오기엔 거리가 멀었다. 이제 어둑한 빛에 익숙해져 생활하는데 그렇게 불편하지는 않았다.

저녁상을 치울 무렵 일찍 손님이 들었다. 마흔 초반의 남자는 술에 취해 몸을 제대로 가누지 못했다. 간신히 몸을 지탱하는 남자의 까만 비닐봉지가 들어 있었다. 그 안에 든 소주병이 쨍그랑 부딪쳤다. 어머니가 눈살을 찌푸렸다. 마음 같아서는 당장이라도 내쫓고 싶은 눈치였다. 하지만 손님을 가려 받을 처지가 아니었다. 해안선 개발 붐을 타고 시설 좋은 펜션이나 모텔이 들어서면서 갈수록 여관을 찾는 손님이 줄어들었다.

어머니는 남자를 끝방으로 안내했다. 남자가 넘어질 듯 비틀거리며 뒤따랐다. 생수 한 병과 종이컵이 든 쟁반을 들고 나서려는데 전화가 울렸다. 장에게서 온 전화였다. 열흘 전 다녀간 후 처음 걸려온 전화였다. 그의 목소리는 열대야의 밤공기처럼 들떠 있었다. 밤늦게 내려오겠다고 했다. 나는 왠지 불안했다. 활어 위판장에서 만나기로 약속하고 서둘러 전화를 끊는데 어머니가 방문을 벌컥 열었다. 어머니가 표독스럽게 쏘아붙였다.

"네가 어떻게 그런 짓을 해?"

어머니는 우리가 헤어진 줄 알았던 모양이다. 이마에 실핏줄처럼 얽혀 있는 가는 주름살이 팽팽하게 곤두서고 입꼬리가 떨렸다. 어머니의 말이 점점 거칠어졌다. 너도 그 여편네와 다를 게 없는 년이야. 사람을 꼭 죽여야 살인인 줄 알아? 어머니가 무슨 말을 하더라도 끝까지 참았어야 했다. 살인자라는 말에 나는 대들고 말았다. 아버지는 잘만 사는데 나는 왜 안 돼요? 내 말이 끝나기도 전에 어머니가 내 머리채를 휘어잡았다. 눈물이 핑 돌았다. 머릿밑이 얼얼했다. 나는 어머니가 하는 대로 가만히 내버려 두었다. 그래도 화가 풀리지 않은 지 한탄을 쏟아냈다. 그러는 동안 나는 엉뚱한 생각에 빠졌다. 객실에 든 남자가 도저히 시끄러워 잠을 잘 수 없다며 환불해 달라고 하면 어머니는 어떤 반응을 보일까. 아마 그 남자의 머리카락도 뽑아 버릴 기세로 드잡이를 놓지 않을까. 어머니는 절대로 손안에 들어온 놓치는 법이 없었다. 아버지를 미장원 여자에게 빼앗기는 수모를 당한 뒤 더 앙칼지고 탐욕스러워졌다.

아버지는 손대는 사업마다 실패의 연속이었다. 장밋빛 환상으로 시작된 사업은 일 년을 넘기지 못했다. 대출을 받아 사업밑천을 댄 어머니는 점점 늘어나는 부채에 시달렸다. 면목이 없어진 아버지가 어머니를 도와준답시고 시장에 드나들었다. 하지만 일은 안 하고 사람들과 어울려 놀기 바빴다. 하루는 내 돈 한 푼 들이지 않고 사업을 다시 할 수 있게 됐다며 들떠서 들어왔다. 눈먼 돈이 썩기라도 했냐는 어머니의 말에도 아버지의 들뜬 기색은 쉽사리 가라앉지 않았다. 아버지 말대로 정말 그런 곳이 있었다. 미장원 여자가 자금을 대기로 하고 이익은 절반씩 나누자고 제안했다. 망해도 손해 볼 것이 없는 아버지로서는 거절할 이유가 없었다. 위자료를 두둑이 받고 이혼했다는 여자는 넓은 미장원을 절반으로 나누어 아버지에게 신발가게를 차려주었다. 서민들이 많이 사는 동네에 단 하나뿐인 신발가게는 사람들로 북적였다. 아버지는 일이 늦게 끝났다는 이유로 집에 들어오지 않는 날이 많아졌다. 여자가 미장원을 정리하고 그 자리까지 신발가게로 확장했을 때, 아버지는 아예 그곳에 눌러앉았다.

나는 모로 누워 있는 어머니 곁으로 다가갔다. 동그란 무릎 위에 손을 얹었다. 퇴행성 관절염으로 오다리가 된 어머니의 무릎은 앙상했다. 시장에서 장사할 때나 지금이나 일하기 편한 일 바지만 걸치고 살아온 어머니는 천 원짜리 한 장도 허투루 쓰지 않았다. 손님들이 남기고 간 술이나 통닭 오징어 같은 음식 부스러기도 아까워 버리지 못했다. 언젠가 아버지가 돌아오면… 항상 전제가 깔렸었다. 어머니가

억척스레 모은 돈은 아버지의 든든한 사업 밑천으로 들어
갈 것이다. 나는 끝까지 미련을 버리지 못하는 어머니를 보
면서 어머니에게 아버지는 어떤 존재일까. 짧은 부부의 인
연보다 더 긴 세월을 남보다 못한 관계로 살아왔으면서도
포기하지 못하는 걸 보면 증오가 또 다른 사랑이라는 걸 알
수 있었다.

어머니의 숨소리가 잔잔했다. 나는 살며시 방문을 열고
빠져나왔다. 문이 닫히자 끙, 하며 돌아눕는 어머니의 한
숨 소리가 들렸다. 어머니가 뒷덜미를 낚아채기라도 할까
봐 얼른 밖으로 나왔다. 나는 위판장을 향해 뛰어갔다. 약
속 시각보다 빨리 나왔다. 밤늦은 시간에는 고속도로가 붐
비지 않아 일찍 도착할 수 있었다. 장은 쉬지 않고 고속도
로를 달려올 것이다. 지친 몸을 이끌고 달려올 그를 생각하
면 먼저 나와서 기다리는 게 마음 편했다. 장은 요즘 많이
지쳐 보였다. 나를 만나지 않았더라면 특별히 행복할 것도,
그렇다고 불행하지도 않은, 물 흐르듯 순응하며 살아갔을
사람이었다.

장이 내 마음속에 커다란 발소리를 내며 뚜벅뚜벅 걸어
들어온 것은 안개 주의보가 내려진 날이었다. 등대에서 들
려오는 무적소리에 잠을 이루지 못하고 뒤척이고 있을 때,
대청마루를 두드리는 소리가 들렸다. 톡, 톡, 톡. 사이렌 소

리가 안개를 뚫고 날아와 창문을 두드리는 것 같았다. 미세한 소리에도 놀라서 자주 깨는 어머니는 그날은 안개 때문인지 혼곤히 잠에 빠졌다. 늦은 시간에 찾아오는 손님이라 썩 내키지 않았지만 며칠째 다섯 개의 방은 비어 있었다. 희미한 불빛 아래 장이 서 있었다.

"방 남은 거 있어요?"

그는 장미장에 늘 손님이 없어 거의 비어 있다는 것을 알면서도 꼭 그렇게 물었다. 나는 어머니처럼 단골손님을 위해 특실을 비워 두었다는 낯간지러운 말은 하지 않았다. 바다와 면해 있는 3호실로 그를 안내했다. 어머니가 특실이라고 말하는 그 방은 작은 들창으로 등대가 내다보이고 다른 방에 없는 오래된 대형 텔레비전을 갖추었다. 뒤따라오던 그의 발소리가 유난히 크게 들렸다. 정강이까지 오는 부츠를 신어 걸을 때마다 시멘트 마당이 울렸다. 마당에 짙게 깔린 안개가 쿵쿵거리는 발소리에 놀라 황망히 흩어졌다가 다시 내려앉았다. 그의 몸에서 비릿한 안개 냄새가 났다. 고속도로를 달려 바로 여기로 온 것이 아니라 바다를 들렀다 온 것이 분명했다.

"바다에 갔다 오셨어요?"

그가 어떻게 알았냐며 의아한 눈길을 바라보았다. 바닷가에 오래 살다 보면 저절로 익숙해지는 냄새였다. 나는 생수 한 병과 종이컵이 담긴 쟁반을 방문 안으로 디밀었다.

"내 몸에서 고약한 냄새가 나요?"

"아뇨, 안개 냄새가 나요."

"안개에도 냄새가 있어요?"

"여름에는 비릿한 냄새가 더 강하고 겨울에는 해초처럼 청량한 느낌이 강하게 나요."

"다행이네요. 고약한 냄새가 난다고 할까 봐 걱정했는데."

그가 웃으며 엉덩이까지 내려오는 카키색 사파리를 벗어 옷걸이에 걸었다. 청량한 안개 내음이 내 코끝을 간질였다.

나는 방문 앞에서 쭈뼛거리며 서 있었다. 장은 오랫동안 운전을 하고 온 탓인지 지쳐 보였다. 손님이 편히 쉬도록 빨리 자리를 피해 주어야 하는데 무슨 마음에서인지 계속 뭉그적거렸다. 가끔 들러 자고 갈 때마다 인사만 나눴을 뿐인데도 오래전부터 알고 지낸 사람 가깝게 느껴졌다. 불쑥 결혼했다면 저런 남자와 하지 않았을까, 그런 터무니 없는 생각이 들기도 했다. 모든 것이 안개 탓이었다.

"이 방에서 등대가 제일 잘 보이는데 오늘은 안개 때문에 안 보이네요."

"구름 위에 붕 떠 있는 것 같아 잠이나 제대로 올지 모르 겠어요."

장은 자신의 감정을 드러낸 것이 쑥스러운지 계면쩍게 웃었다. 따라서 웃는데 이상하게 마음이 편했다. 오랫동안 나를 향해 편하게 웃음을 지어준 사람이 없었다. 나이가 들어 갈수록 탄력을 잃어 가는 얼굴처럼 사람들과 관계도 탄력을 잃어 갔다. 어머니가 채소 가게를 그만두고 급매물로 나온 장미장을 인수하면서 우리 모녀는 사람들로부터 더 고립되어 갔다.

그날 밤, 나는 쉽게 잠을 이루지 못했다. 밤새 등대에서 무적소리가 들릴 때마다 바다는 안개를 뭉텅뭉텅 토해내며 미궁 속으로 빠져들었다. 설핏 잠이 들어서도 안개 속에서 헤매는 꿈을 꾸었다. 길은 어디에도 보이지 않았다. 안개가 자욱했다. 밤은 안개 속으로 빨려 들어갔다. 잠결에 장이 나가는 소리가 들렸다. 둔탁한 발소리가 안개를 지그시 밟으면서 나갔다.

나는 나를 잠그고 있기라도 한 듯한 방문 잠금장치를 벗겼다. 살금살금 밖으로 나가 3호실로 들어갔다. 안개가 조금씩 걷히기 시작한 들창으로 어슴푸레한 새벽빛이 스며들었다. 방안은 바닷속처럼 푸른 빛에 잠겼다. 그가 자고 나간 헝클어진 이불 속으로 발을 집어넣었다. 따뜻했다. 밤새 잠을 이루지 못하고 뒤척였는지 재떨이에는 담배꽁초가 수북이 쌓였다. 나는 조금 더 이불 속으로 몸을 밀어 넣었다. 이불에 베인 담배 냄새가 그의 몸에서 나는 체취처럼 다정하게 느껴졌다. 나는 안개 속으로 빨려 들어가기라도 하듯 점점 잠 속으로 빠져들었다. 그날 이후 나는 그가 자고 간 날 새벽이면 그 방으로 숨어들었다.

이불을 빨았다. 내가 빨래를 하자고 나선 건 처음이었다. 나는 어머니가 이불 빨래를 할 때마다 잔소리를 늘어놓곤 했었다. 우리도 이제 홑청 씌우는 이불 그만 쓰자고, 요즘 가볍고 좋은 이불이 얼마나 많은데 아직도 이런 이불을 쓰는 집은 우리 집밖에 없을 거라고 했다. 어머니는 그만큼 정성을 들이면 손님이 많이 든다고 했다. 하지만 이불을 아무리 깨끗이 빨아 개켜두어도 좀처럼 손님이 들지 않았다.

나는 이불 홑청을 빨아 옥상에 널었다. 오후의 햇살에 흰 빨래가 속살을 드러내며 말랐다. 옥상에서 바다가 한눈에 내려다보였다. 적막한 바다에 쏟아지는 햇빛이 생선 비늘처럼 반짝이며 일렁거렸다. 바다에서 불어오는 바람에 날린 홑청이 얼굴에 닿았다. 그가 부드러운 손길로 내 얼굴을 쓰다듬는 듯했다. 이불 홑청 사이로 들어가자 은은한 빛이 스며들었다. 부드러운 이불 홑청에 얼굴을 맡기고 오랫동안 서 있었다.

이불을 깨끗이 빨아 시침질해 놓은 지 보름 만에 장이 내려왔다. 그날도 안개가 자욱했다. 그의 입에서 술 냄새가 났다. 술을 마시고 온 것을 본 적이 없어 의아한 눈길로 바라보았다.

"내 얼굴에 뭐가 묻었습니까?"

"술, 마신 거 처음 봐서요."

"속상해서 한잔했습니다. 맨정신으론 도저히 잠을 잘 수 없을 것 같아서요. 어차피 또 잠들기 틀렸네요. 저놈의 안개가 나를 가만히 두지 않을 것 같아요."

그는 깊은 한숨을 내쉬며 허물어질 듯 이불 위에 주저앉았다. 모래바람이 스치고 지나간 듯 황량해 보이는 목덜미와 구겨진 바지에 눈길이 갔다. 나는 조용히 방문을 닫고 나오면서도 쉽게 발길이 떨어지지 않았다. 무엇 때문에 속상한지 모르겠지만 위로의 말이라도 건네고 싶었다. 오랫동안 마당에서 서성이다가 방으로 들어갔다. 나는 쉽게 잠이 들지 못했다. 그늘진 눈빛과 온몸이 축 처진 듯 힘이 빠져 있는 모습이 아른거렸다. 얼마의 시간이 흘렀을까, 그가 나가는 소리가 들렸다. 경매 시간을 맞추기엔 턱없이 이른 시간이었다. 나는 자리에서 일어나 3호실 방으로 스며들었다. 안개 속에 갇혀 있는 방은 아늑했다. 이불 속으로 몸을 밀어 넣었다. 이불에서 향긋한 세제 냄새 사이로 담배 냄새가 묻어났다. 나는 얼굴까지 이불을 끌어당겨 덮었다. 그의 품에 안긴 듯 포근했다. 이내 잠이 몰려왔다. 꿈을 꾸듯 잠결에 안개 냄새를 맡았다. 우우우, 소리를 내며 몰려오는 안개. 나는 안개의 웅성거림에 눈을 떴다. 언제 들어왔는지 장이 나를 물끄러미 내려다보고 있었다.

"나갈 때마다 방문 여닫는 소리가 들리더니 당신이었군요."

당황한 나는 일어나려고 했다. 그가 내 앞을 가로막으며 조심스레 나를 안았다. 빠져나가려고 할수록 그의 몸이 옥죄여 왔다. 그는 세찬 파도에도 꿈쩍하지 않는 갯바위 같았다. 나는 그물에 걸린 물고기처럼 팔딱거렸다. 몸부림칠수록 그가 더 세게 휘감아 꼼짝달싹 할 수 없었다.

색종이 가루를 뿌려 놓은 듯 바다에 불빛이 일렁거렸다. 나는 그가 낡은 오 톤 활어 수송차를 타고 올 해안도로를 뚫어지게 바라보았다. 밤이 깊어지자 지나가는 차들도 뜸했다. 간간이 산모퉁이를 돌아서는 전조등 불빛만 비쳐도 그의 차가 아닌가 싶어 마음이 수선스러워졌다. 새벽에 가까워지자 사납게 뒤척이던 파도도 지쳤는지 잠잠해졌다. 나는 희뿌연 가로등 불빛 아래 종종걸음을 치며 굳어진 몸을 풀었다. 움직일 때마다 비쩍 마른 내 그림자도 따라서 움직였다. 그에게 전화를 걸었다. 받지 않았다. 작은 내 키의 몇 배나 되는 그림자를 늘어트리며 밤새도록 기다렸지만, 그는 오지 않았다.

갯내음과 찬바람을 몸에 친친 감고 집으로 돌아왔을 때, 객실에서 울음소리가 들렸다. 울음소리는 끝방에서 났다. 마당 한가운데 우두커니 서서 흐느끼는 소리를 들었다. 나도 남자처럼 소리 내어 엉엉 울고 싶은 마음이었다. 실컷 울고 나면 속이라도 후련해질 것 같았다.

내가 방문을 열자 어머니가 이불을 뒤척이며 돌아누웠다. 어머니는 내가 나간 뒤에 한숨도 자지 않았을 것이다. 차가운 냉기와 끈적거리며 달라붙은 바다 내음이 묻은 외투와 숄을 머리맡에 벗어둔 채 이불 속으로 들어갔다. 얼었던 몸이 따뜻한 이불 속으로 들어가자 더 춥게 느껴졌다. 뼈마디가 텅 비어 있는 대나무 속처럼 시렸다. 달팽이처럼 몸을 옹송그렸다. 어머니의 한숨 섞인 소리가 나직이 들렸다.

"넘볼 걸 넘봐야지. 이것아!"

나는 벽을 향해 돌아누운 어머니의 어깨에 바라보았다. 얇은 어깨가 거친 숨소리에 들썩였다. 정말 어머니 말처럼 넘보아서는 안 될 사람을 사랑한 걸까. 그를 향한 내 마음이 가서는 안 되는 길이라면, 이 세상에 내가 가야 할 길은 어디에 있을까.

장에게 연락이 온 것은 동이 틀 무렵이었다. 자지러지는 휴대전화 벨 소리에 잠이 깼다. 휴대전화를 찾으면서 어머니가 누워 있는 자리를 훑어보았다. 겨울에는 어머니와 한

방을 썼다. 뭐하러 이방 저방 보일러를 돌리느냐는 어머니의 말에 봄이 될 때까지 불편해도 어쩔 수 없었다. 나는 이불 속으로 들어가 전화를 받았다. 장이 등대에서 기다리겠다고 했다. 머리맡에 밀어 두었던 외투를 대강 걸치고 나가는데 어머니의 가시 돋친 말이 날아와 꽂혔다.

"벼락 맞아 죽을 년."

이 순간만큼은 벼락을 맞아 죽어도 좋을 것 같았다. 객실 문을 열고 나오는 남자와 마당에서 마주쳤다. 나와 시선이 마주친 남자는 밤새 추태를 부린 것이 부끄러웠는지 고개를 푹 숙이고 황급히 대문을 빠져나갔다. 나는 남자를 붙들고 물어보고 싶었다. 여관에 와서 울고 가면 좀 편안하나요. 가로등 불빛 밑에서 잠시 주춤거리던 남자가 빠르게 어둠 속으로 사라졌다.

집에서 등대까지 꽤 먼 거리였다. 조업을 끝내고 항구로 돌아오는 배가 하얀 물길을 일으키며 달려왔다. 등대 앞에 서 있는 장이 보였다. 나는 낚싯줄에 매달린 물고기처럼 숨을 거칠게 내쉬며 뛰어갔다. 그의 몰골은 초췌했다. 아내가 순순히 이혼에 동의했는지 궁금했지만, 장이 먼저 입을 열기를 기다렸다. 우리는 방파제를 막고 있는 테트라포드를 말없이 바라보았다.

그를 사랑하는 마음을 무게로 잰다면 얼마나 될까. 저울의 눈금이 움직이지 않을 만큼 가볍지는 않겠지. 너무 가벼운 사랑은 사랑이 아닐 테니까. 나는 조바심이 나면서도 남은 생을 후회 없이 살아갈 만큼의 무게였으면 좋겠다고 속으로 바랐다.

"새벽에 겨우 합의 봤어. 예상은 했지만 집사람이 나한테 한 푼도 줄 수 없대. 먼저 이혼하자고 한 건 나니까. 난 이제 빈털터리야. 갈매기처럼 아무 데나 자유롭게 날아다닐 수 있어. 당신이 나의 든든한 바다가 되어 준다면 아무 걱정하지 않을 거야. 사실 이 나이에 무엇을 새로 시작하는 건 두렵기도 하고 한편으로 설레기도 해."

장의 눈 밑은 거뭇거뭇한 그림자가 짙게 드리워졌다. 나는 그의 손을 잡았다. 합의를 봤다는 말을 듣는 순간, 내 마음속에는 무수히 많은 파도가 몰아쳤다. 파도에 휩쓸려 들어갈 것 같은 두려움과 그가 온전히 내 것이 될 수 있을까 하는 불안감이 다시 몰려왔다.

두꺼운 구름 사이에 가려진 해가 보이지 않았다. 바닷가에 살면서도 온전한 해를 볼 수 있는 날이 많지 않았다. 언제나 바다 위로 훌쩍 솟아올랐거나 구름에 가려져 있었다. 우리는 해가 구름 속에서 얼굴을 내밀 때까지 말없이 지켜보았다. 그의 휴대전화 벨 소리가 우리 사이를 감싸고 있던 정적을 깨트렸다. 장은 전화를 받지 않았다. 전화가 끊어졌다 다시 울리자 마지못해 받았다. 전화를 받은 그의 미간 주름이 깊어졌다.

"당신은 뭘 했길래 애가 오토바이를 타고 나간 것도 몰랐어?"

장의 입에서 응급실이라는 말이 유난히 크게 들렸다. 나는 그의 휴대전화 바탕 화면에 아들과 함께 찍은 사진을 떠올렸다. 아들과 함께 가발을 쓰고 익살스러운 표정을 지으며 찍은 사진 속의 그는 행복해 보였다. 내가 한 번도 본 적 없는 표정으로 전화를 끊었다. 허둥거리며 담배를 찾았다. 몇 번이나 헛손질하며 라이터를 켰다. 나는 그에게 담뱃불을 붙여주며 말했다.

"얼른 가보세요."

"새벽에 내 오토바이를 끌고 나간 모양이야. 올라갔다가 금방 내려올게."

비록 한 여자의 좋은 남편은 되지 못했지만, 자식을 지극히 사랑하는 부모라는 사실을 증명이라도 하듯 그의 얼굴은 초조함과 불안감으로 일그러졌다. 그는 마치 출발선에 선 단거리 선수 같았다. 화약총이 울리기만 하면 바로 뛰쳐나갈 태세였다. 나는 어쩌면 이것이 마지막이 될지 모른다는 생각이 들었다. 무슨 말을 꺼내고 싶었지만, 입이 바짝 마르고 아무 말도 떠오르지 않았다. 금방이라도 눈물이 쏟아질 것 같았다. 나는 입술을 깨물며 옆으로 고개를 돌렸다.

그는 방파제를 뛰어갔다. 옷깃이 바람에 날렸다. 영원히 이별을 고하며 흔드는 손수건처럼. 몸보다 마음이 앞서는 바람에 몇 번이나 넘어질 듯 휘청거렸다. 멀어져 가는 그의 뒷모습이 까만 점으로 사라지자 끊임없이 몰아쳤던 파도가 썰물이 되어 서서히 빠져나갔다.

그가 바다를 완전히 벗어났을 때쯤, 나는 방파제를 천천히 걸어 나왔다. 방파제 중간쯤에 왔을 때 죽은 갈매기 한 마리가 보였다. 깃털은 축축했고 뼈마디가 딱딱하게 굳어 있었다. 갈매기는 부드러운 깃털 속에 고통을 숨긴 채 죽었다. 나는 갈매기를 테트라포드 사이로 집어 던졌다. 깊은 우물 속에서 메아리치듯 둔탁한 소리가 퍼져 나왔다.

마당에 소주병이 나뒹굴었다. 내가 새벽에 나간 뒤 어머니가 술을 마신 모양이었다. 나는 이제 어머니에게 당당하게 말할 생각이었다. 모든 것은 끝났다고. 어머니가 염려하던 일은 절대 일어나지 않을 거라고. 그 말을 마음속으로 되새기며 수돗가를 돌아섰을 때, 어머니가 허연 거품을 입에 문 채 쓰러져 있었다. 의식이 없었다. 나는 119에 신고해 집 근처에 있는 응급실로 옮겼다. 혼수상태에 빠진 어머니는 위세척 받은 뒤 차츰 의식을 되찾았다. 비산이 든 독극물을 마신 것 같다는 의사의 말에 나는 말문이 막혔다.

정말 나 때문인가. 내가 아는 어머니 이렇게 약한 사람이 아니었다. 아버지가 딴 살림을 차렸을 때도 흔들리지 않고 일상을 이어가던 사람이었다.

문득 어젯밤에 남자가 들고 온 소주병이 생각났다. 새벽녘에 흐느끼며 울던 남자의 모습도 함께 떠올랐다. 그 소주는 남자가 묵었던 객실에서 나온 것이 분명했다. 아침 객실 청소는 주로 어머니가 담당했다. 어머니는 거기에 뭐가 들었는지도 모른 채 속상한 마음에 소주를 한 모금 마셨을 것이다.

어머니는 사흘 만에 병원에서 퇴원했다. 집으로 돌아온 어머니는 말수가 부쩍 줄어들었다. 마치 말하는 걸 잊은 사람 같았다. 매일 쓸고 닦던 객실 청소도 하지 않았고 낮 동안에는 닫아 놓은 대문을 활짝 열어놓았다. 어머니는 대문 앞에서 지나가는 사람들을 우두커니 바라보거나 바다로 나가는 일이 잦아졌다. 바다에서 돌아오는 길에 늘 생선을 사 들고 왔다. 구들구들 말린 가자미나 오징어, 커다란 한치. 두 사람이 먹기에는 양이 많았다. 비릿하고 축축한 바다 내음을 옷에 묻히고 돌아오는 어머니가 마당에서 이불 빨래를 하는 나를 보며 말했다.

"이제 그 이불 쓰지 말고 다른 것으로 바꾸자."

세제를 풀어 이불 홑청을 주무르던 나는 비누 거품이 묻은 고무장갑을 낀 채 흘러내린 머리카락을 쓸어 올렸다.

"정말, 그렇게 해요?"

뻑뻑한 창문을 열고 들어가던 어머니는 또 내 말에는 대답이 없었다.

휴대전화도 집 전화기도 어머니처럼 입을 꼭 다물어버렸다. 모두 자폐증을 앓는 것처럼 침묵했다. 장은 그렇게 돌아간 뒤 연락 한 번 하지 않았다. 나는 3호실 방문을 잠가버렸다. 다시 열리지 않을 것처럼 굳게 닫혔다. 어머니 대신 집안을 쓸고 닦느라 끝내 몸살이 났다. 편도선이 붓고 온몸이 흠씬 두들겨 맞은 것처럼 쑤셨다. 며칠 앓았다. 어느 정도 회복되었지만, 몸이 예전 같지 않았다. 조금만 무리해도 기운이 빠지고 금방 지쳤다. 마음이 몸을 지배한다는 말처럼 내 마음은 조각난 배처럼 모래톱에 처박혔다.

어쩌다 찾아오는 손님마저 받을 수 없는 날이 많아졌다. 자연스럽게 손님의 발길이 끊겼다. 사람의 손끝이 닿지 않는 집안은 먼지가 수북이 쌓이고 눈에 띄게 허물어져 갔다. 아귀가 맞지 않은 창틀, 골목에서 날아든 축구공에 깨진 유리창, 장마에 흘러든 토사가 그대로 방치된 마당. 수돗가에 축 늘어진 호스. 집은 주인의 마음이 어디에 닿아 있는지 먼저 알아보았다.

어느 날부터가 집 전화기가 말을 걸듯 울리기 시작했다.

전화를 받으면 또 금방 끊겼다. 말 없이 끊어지는 전화를 보며 어쩌면 그 사람 일지도 모른다는 생각이 들었다. 나는 전화기를 붙잡은 채 가만히 귀를 기울였다. 누구냐고 다급하게 물을 필요는 없었다. 저쪽에서 속으로 삼키던 숨을 나지막이 내뿜을 때, 나는 그 틈새로 스며오는 안개 냄새를 맡았다.

바람이 세차게 부는 날, 굳게 닫힌 3호실 문을 열었다. 열쇠가 철컥거리며 돌아가자, 내 마음속에 닫혀 있던 문도 하나씩 열렸다. 열린 문 사이로 들어온 햇볕은 따뜻한 숨결처럼 방을 가득 찼다. 낯선 숨결을 의미하며 나는 3호실을 청소했다. 방이 말끔해지자 나는 그대로 드러누웠다.

창문으로 바람이 쿨렁쿨렁 넘쳐 들었다. 갈매기 한 마리가 창문 근처를 배회하더니 조심스레 창턱에 내려앉았다. 경계의 눈빛으로 주변을 살피며 날카로운 부리로 축축하게 젖은 깃털을 정성스레 다듬었다. 갈매기는 왜 혼자 이곳까지 날아왔을까. 나와 눈이 마주쳤는데도 개의치 않았다. 한참을 다듬던 갈매기는 추운지 깃털 속으로 몸을 파묻혔다.

갈매기를 위한 호텔을 만들면 어떨까. 문득 그런 생각이 들었다. 갈매기들도 태풍이 몰아치거나 눈이 내릴 때는 쉴 공간이 필요했다. 온몸으로 바람을 맞으며 일제히 바람이 부는 방향으로 웅크리고 앉아 있는 모습을 볼 때마다 안쓰러웠다. 그래, 그들에게 호텔을 만들어 주자.

하지만 서비스로 뭘 내놓으면 좋을까. 멸치? 가자미? 오징어? 냉동실에 어머니가 사다 놓은 생선이 넉넉했다. 나는 객실을 돌아다니며 닫혀 있던 방문을 활짝 열었다.

너를 위한 냉장고는 없다

밤낚시 갔던 남편 민욱이 돌아왔다. 그는 어둠에 잠긴 거실을 가로질러 굳게 닫힌 암막 커튼을 거칠게 젖혔다. 암실 같았던 공간이 환해졌다. 밖이 새하얗다. 집 안에 불안과 침묵이 소복소복 쌓이는 동안 창문 너머 바깥세상에서는 명랑하게 눈이 내렸다.

민욱은 낚시통에서 손바닥만 한 크기의 붕어를 꺼냈다. 손이 미끄러운지 바닥에 떨어뜨렸다. 사방에 비늘 같은 물방울이 튀었다. 식탁 밑으로 떨어진 물고기는 죽은 듯 조용했다. 서랍에서 검은 비닐봉지를 꺼내 복면을 씌우듯 대가리부터 재빠르게 감쌌다. 다급해진 붕어가 몸부림치기 시작했다. 민욱은 살아서 꿈틀거리는 붕어를 그대로 냉동실에 넣어 버렸다.

"제발 좀!"

새벽부터 내 입에서 볼멘소리가 튀어나왔다. 민욱은 언제부턴가 먹지도 않는 물고기를 잡아 와 손질도 하지 않은 채 냉동실에 얼렸다. 가져다 놓으면 내가 어떻게라도 손질할 거라고 생각하는 걸까. 난 살아서 꿈틀거리는 건 질색이었다. 언제나 그렇듯 그는 나의 타박을 가볍게 무시했다.

"여기에 다 있었는데…… 이젠 아무것도 없어."

낚시통을 베란다에 가져다 놓고 욕실로 향하던 민욱이 뜬금없이 자신의 손바닥을 들여다보며 중얼거렸다. 낚시터에서 잡아 온 물고기를 냉동실에 생매장시킨 사람의 입에서 나올 말은 아니었다. 냉장고를 가득 채운 것은 물고기가 아니라, 다른 무엇이라도 된다는 말인가. 개중엔 유해 어종인 블루길도 몇 마리 들었다. 민욱은 낚싯대에 걸린 것들을 모조리 집으로 가져왔다. 아마 물뱀이 잡혔더라도 가져왔을 것이다.

"왜 그래, 무슨 일 있는 거야?"

내가 조심스레 물었지만 민욱은 아무 말 없이 욕실 문을 닫아 버렸다.

민욱은 다니던 회사에서 권고사직을 당했다. 일 년 가까이 휴대전화를 꺼놓고 집 안에 틀어박혀 지냈다. 나와 같이 한 침대를 쓰는 것도 불편했는지 옷가지와 노트북을 챙겨 안방에서 작은방으로 거처를 옮겼다. 현관 입구에 붙어 있

는 방은 세 개의 방 중에서 가장 작은 방이었다. 민욱은 잡
동사니들로 가득 차 있는 방에서, 잡동사니처럼 구겨져 밤
을 지새우는 날이 많아졌다. 어느 날 퀭한 눈으로 말했다.

"낚시터만큼 잠 잘 오는 곳도 없대."

민욱은 낚시터가 불면증에 더없이 좋은 장소라고 했다.
불면증에 시달리던 사람들이 낚시터에 가서 좋아졌다는 글
이 인터넷 사이트에 많이 올라오더라고 했다. 속는 셈 치고
한번 다녀오겠다고 말했다. 그는 말릴 틈도 없이 장비를 사
들였다. 한 번 다녀오기엔 터무니없이 많은 장비였다. 에베
레스트를 등반해도 끄떡없을 방한 점퍼도 한 벌 마련하고
낚시터로 떠났다. 호기롭게 중무장하고 떠난 사람이 몇 시
간도 안 돼 돌아왔다. 얼어 죽을 것 같아. 도저히 사람이 할
짓이 못 된다고 했던 민욱은 날이 밝자마자 또 장비를 챙겨
떠났다. 차츰 낚시터에서 보내는 시간이 많아졌다. 하루는
방한복을 뚫고 들어온 찬바람에 온몸이 얼어붙을 것 같은
데도 이상하게 잠이 잘 오더라고 했다. 눈을 떴을 때 머리
위로 별들이 쏟아지더라고. 수면에 드리워진 낚싯대에 달
린 야광찌가 별처럼 반짝이더라는 말에 나는 다른 사람을
보는 것 같았다. 원래 저 사람이 저렇게 감성적이었나. 별
들의 보호를 받으며 숙면을 하더니 사람이 감상적으로 변
했다.

나는 베란다 창문을 열었다. 주차장에는 눈을 뒤집어쓴 자동차들이 거북이처럼 납작 엎드려 있었다. 그때 카톡 메시지가 울렸다. 캐나다에 유학 중인 아들이 이 시간에 종종 문자나 전화를 했다. 아들인 줄 알았는데 민욱의 회사 동료인 정 과장 부인이었다. 나는 시간을 확인했다. 6시 17분. 무례한 시간이다. 여자의 문자를 확인도 하지 않고 수신 거부해 버렸다.

꾹, 꾸욱, 꾸르륵. 냉장고에서 이상한 소리가 들렸다. 나는 어둡고 서늘한 곳에 갇힌 붕어가 아직도 살아서 몸부림치는 게 아닐까 싶어, 얼어붙은 채 냉장고를 바라보았다. 하지만 냉동실 문을 열어 확인할 용기가 없었다. 문을 여는 순간, 켜켜이 쌓인 물고기들이 내 발등으로 와르르 쏟아져 내릴 것 같았다. 소음은 멈추지 않고 계속 이어졌다. 소화가 덜 된 배처럼 꾸르륵거리더니 급기야 딸꾹질 같은 소리까지 냈다. 나는 샤워를 마치고 나온 민욱을 향해 냉장고에서 이상한 소리가 난다고 말했다.

"아직 물고기가 살아 있는 건 아니겠지?"

수건으로 발등을 닦던 그는 어이없다는 듯 코웃음을 쳤다.

"냉동실 온도가 몇 돈 줄 알아? 자그마치 영하 20도야. 당신은 영하 20도에서 얼마나 버틸 수 있을 거 같아?"

영하 20도라는 말에 고개가 저절로 끄덕여졌지만 그래도 알 수 없는 일이었다. 내가 자신의 말에 수긍하지 않자 이런 정도 소음은 늘 있었다며 대수롭지 않게 넘기려고 했다. 하지만 아무리 귀를 기울여도 평소에 듣던 소음과 달랐다. 혹시 그의 귀가 문제인 건 아닐까.

무시하고 넘어가기엔 소리가 컸다. 이십 년도 더 된 냉장고라 당장 고장이 나더라도 이상할 것이 없었다. 단 한 사람만 빼면. 민욱은 소음이 난다는 이유로 냉장고를 바꿀 사람이 아니었다. 사소한 물건도 함부로 버리지 못하고 쌓아두는 성격이었다. 물건에도 감정이 있다며, 오랫동안 같이 생활한 물건을 어떻게 함부로 버릴 생각을 하느냐고 되물으면 말문이 막혔다. 온갖 미사여구를 갖다 붙여도 내 귀에는 나 짠돌이요, 하는 소리로밖에 들리지 않았다. 냉장고는 부피가 커 몰래 버리려고 해도 내 힘으로는 어떻게 할 수 없었다. 완전히 고장이 나지 않는 이상 바꾸기 힘들다는 걸 알면서도 이상한 오기가 생겼다.

"저러다 금방 고장 날 텐데, 이번 기회에 바꾸자."

"아직 쓸만한데 뭘, 바꿔. 황 선생도 한번 사면 오래 쓴다잖아."

민욱은 기대를 저버리지 않았다. 익숙한 반응인데도 부아가 치밀었다. 최소한 고민하는 척이라도 할 줄 알았다. 속이 타 얼음이나 꺼내 먹으려 냉장고 쪽으로 걸어갔다가 멈칫했다. 비린내가 냉동실을 장악한 뒤로 그렇게 좋아하던 얼음에도 손이 잘 가지 않았다. 얼음에서도 비린내가 울컥 올라오곤 했다. 결국, 얼음 대신 물을 한 모금 마셨다. 얼음을 녹이듯 입 안에서 천천히 굴리며 민욱을 살폈다. 뜬금없이 황 선생 이야기를 하는 걸 보니 또 무슨 일을 꾸미는 것은 아닐까 하는 불안감이 스멀스멀 올라왔다.

"황 선생인가 뭔가 또 사업하자고 꼬시는 건 아니야?"

내가 못마땅한 투로 말하자 민욱은 언짢은 기색을 드러냈다.

"그런 일 없다니까."

미심쩍어도 따라다니지 않는 이상 확인할 방법이 없었다. 낚시터만큼 작당 모의하기 좋은 장소가 또 있을까. 낚시터 멤버가 된 두 사람은 처지가 비슷해 금방 친해졌다. 정년을 채우지 못하고 퇴직한 뒤 그 후유증으로 불면증에 시달리다 생전 가본 적이 없는 낚시터를 찾아다니기 시작한 것이 똑같았다.

민욱은 한동안 사업을 하겠다며 들떠서 지냈다. 두 사람이 낚시터에서 모의한 것은 무인카페였다. 요즘 사람들은 밥은 굶어도 커피는 하루에 몇 잔씩 마신다며, 매장을 예쁘게 꾸미고 스타벅스에 들어가는 질 좋은 커피를 쓰면 기계가 알아서 척척 뽑아 준다고 했다. 두 사람이 돌아가면서 관리하면 인건비도 안 들어간다며 이미 성공을 한 사람처럼 말했다. 회사 다닐 때의 그의 모습이라면 상상도 할 수 없는 일이었다. 원리원칙을 따지고 늘 합리적이고 이성적으로 행동하던 사람이 계속 뜬구름만 잡는 말을 해댔다. 그런 그의 마음을 이해하지 못하는 건 아니었다. 책임감이 강한 사람이라 어떻게든 빨리 경제적으로 안정을 되찾고 싶은 마음이 컸을 것이다. 하지만 어느 구름에서 비가 내릴지 알 수 없는 사업은 그와는 전혀 맞지 않았다. 나는 조용히 한마디 했다.

"당신이 늘 하던 말이 있잖아. 사업 아무나 해?"

잔뜩 기대에 부풀어 있던 민욱은 내 말에 말문이 막혔는지 깊게 한숨을 내쉬었다. 그 뒤로 몇 번 더 사업 이야기를 꺼냈지만 그럴 때마다 나는 누구누구 잘 알지 않느냐고, 장렬하게 쪽박 찬 사람들의 이야기를 줄줄이 들려주었다. 내가 평소와 달리 강하게 밀어붙이자 더는 사업 이야기는 꺼내지 않았다. 하지만 불안감이 사라지는 건 아니었다. 매일같이 황 선생을 만나는데, 둘이서 대체 무슨 꿍꿍이를 벌이고 있는지 도무지 알 수가 없었다.

나는 여자의 카톡을 풀었다. 풀자마자 카톡이 들어왔다. '사람의 마음속에 빈 의자가 몇 개나 있을까요. 남편이 떠난 빈자리를 어떻게 해야 할지 모르겠어요. 가끔 누군가 와서

앉길 바랄 때도 있지만 다른 사람에게 의자를 내주기가 쉽지가 않네요.'

누가 내주래? 내 입에서 가시 돋친 말이 튀어나왔다. 나도 처음부터 이러지 않았다. 여자가 보내온 카톡에 성심성의껏 답장을 보내고 위로의 말을 건넸다. 더구나 우리는 구면이었다. 회사 송년회에서 만난 여자는 처음 보는 내게 싹싹하게 굴었다. 연락드려도 되겠냐며 먼저 전화번호를 물었을 때 적잖이 당황했지만 나는 웃으면서 말했다, 그럼요. 승진 발표를 앞둔 달이면 어김없이 여자에게서 연락이 왔다. 사모님 잘 계시죠. 특유의 싹싹한 목소리로 안부를 물을 때마다 속이 뻔히 보였지만 티를 내지 않았다.

정 과장이 죽고 나서 여자가 보낸 첫 문자는 '마오리소포라를 아세요?' 였다. 듣도 보도 못한 이름이었다. 뉴질랜드 원주민 이름을 딴 화초라고 했다. 정 과장은 마오리족 전사같이 강한 생명력을 가진 화초를 아꼈다고 했다. 누구보다 강한 줄 알았던 사람이 한순간 무너지더라며 옆에서 속수무책으로 지켜볼 수밖에 없는 심정을 사모님은 아느냐고 되물었다. '맨발로 얼음 위를 걷는 고통이었어요.' 내 발바닥에서도 차가운 냉기가 느껴졌다. 젊은 나이에 남편도 없이 장애아를 키우는 여자에게 마음이 쓰여 내 나름대로 위로해 주었다. 그러나 여자는 내가 보낸 문자나 전화에는 어떤 대답도 없이 자신의 할 말만 쏟아냈다. 썩어 문드러진 무화과 사진을 보냈을 때는 마치 내가 쓰레기통이 된 기분이었다. 가장 참을 수 없었던 건 아들이 변비가 심해 약을 먹어도 듣지 않더라며 손가락으로 똥을 파낸 사진을 찍어 보냈을 때였다. 나는 먹고 있던 빵을 토했다. 미친 거 아냐. 저절로 입에서 욕이 튀어나왔다. 그 뒤로 여자에게서 문자가 와도 답장을 보내지 않았다. 어차피 여자는 내 위로 따위가 필요하지 않았다. 그런데도 지치지도 않고 끊임없이 문자를 보냈다.

여자의 연락에 시달린 건 민욱도 마찬가지였다. 정 과장 자살에 일정 부분 책임감을 느낀 그는 여자의 연락을 쉽게 거절하지 못했다. 감정이 격해질 때마다 여자는 민욱에게 악담을 퍼부었다. 자기 남편을 살려내라고. 시도 때도 없이 울리는 전화와 카톡 알람에 민욱은 점점 피폐해져 갔다. 저러다 사람 미치게 할 것 같아 나는 그의 휴대전화에서 과감히 그녀의 번호를 차단했다. 그러나 그 표적이 나에게로 옮겨왔다. 예상하지 못한 일이었다. 차단해 버리면 그만이었지만 혹여 여자가 집으로 찾아오지 않을까 싶어 쉽게 끊어내지 못한 채 끌려다니는 중이었다.

식사 준비를 하던 나는 문득 냉동실에 재워 둔 양념 불고기가 떠올랐다. 하지만 막상 꺼내려니 손이 쉽게 가지 않았다. 넣어 둔 지 오래돼 빨리 먹어 치워야 하는데 어디에 뭐가 들어 있는지 찾으려면 냉동실을 다 뒤져야 했다. 낚시터에서 잡아 온 물고기를 여기저기 쑤셔 넣는 바람에 정작 내가 필요한 것은 점점 구석으로 밀려났다. 나는 양념 불고기 대신 손쉽게 할 수 있는 달걀을 꺼냈다. 내가 음식을 하는 사이 탁자에 올려둔 내 휴대전화를 들여다보던 민욱은 아직도 이런 걸 다 받아주고 있느냐며 한소리 했다.

"당신이 못하면 내가 해 줘?"

"그러다가 또 당신한테 갈지도 몰라."

"정말 징글징글하다. 의자는 또 무슨 이야기야?"

"정 과장이 앉았던 자리에 다른 사람 앉히고 싶은데 그럴 수 없다잖아."

"누가 있는 거 아냐."

"모르지. 속을 알 수 없는 여자니까."

달걀찜을 하려던 계획은 후라이로 바뀌었다. 프라이팬에 달걀을 깨 넣었다. 껍질이 보이는데도 그냥 뒤집어버렸다.

"정 과장은 지정석이라도 있네. 내 지정석은?"

여자 이야기만 나오면 날카로워지던 민욱이 웬일로 농담을 다 했다. 나는 많다고, 아무 데나 앉으라고 했다. 그러자 민욱은 아무 데나 앉으면 그게 지정석이냐며 맞받았다.

"지난번에 산재 재신청한다고 하지 않았어?"

"꽝인 모양이야. 그러니 미친년처럼 또 저러지."

여자는 정 과장이 죽고 나서 부당 해고로 인한 사망으로 근로복지공단에 산재 신청을 했다. 하지만 정 과장이 남긴 유서가 걸림돌이 되었다. 유서가 있으면 자살에 의한 산재를 인정받기 까다롭다고 했다. 여자는 포기하지 않고 재신청을 했다. 한동안 잠잠했던 문자폭탄이 다시 시작된 걸 보면 또 불승인이 난 모양이었다.

"나랏돈 받기가 어디 쉬운 줄 알아."

민욱은 덤덤한 목소리로 말했다. 그의 권고사직에는 정 과장 영향이 컸다. 정 과장의 자살 소식은 지방 뉴스까지 나왔다. 임원이 나와 경제 악화로 구조조정이 불가피했다고 해명했지만, 여론이 쉽게 가라앉지 않았다. 그러자 민욱을 향해 화살이 날아들었다. 최종 명단에 정 과장 이름을 올렸다는 이유에서였다. 썩은 과일을 도려내듯이 일사천리로 일을 처리하라던 회사는 막상 일이 터지자 융통성 없이 굴었다며 그를 비난했다. 민욱은 샌드백처럼 여기저기에서 날아든 주먹을 고스란히 맞았다. 결국, 그는 그로기 상태에 빠져 월차를 내고 집에 틀어박혔다. 그러자 느닷없이 그에게도 권고사직 통보가 날아들었다. 사냥을 나가 토끼를 잡고 나면 필요 없어진 사냥개를 잡아먹었다는, 그 일이 민욱에게도 벌어진 셈이었다.

"아들이 학교에 입학할 때까지만이라도 다니게 해 달라고 사정했었는데."

처음 듣는 이야기였다. 민욱은 사고가 난 뒤, 정 과장과 관련된 일에는 입을 굳게 닫았다. 면담에서 두 사람 사이에 어떤 말이 오갔는지 한번도 말하지 않았다.

"아들이 종일 웃는다고 했어. 거기다 제대로 걷지도 못하고 모든 게 느린 아이라더군. 난 아무것도 모르고 그게 좋은 거 아니냐고 말했지. 그랬더니 시도 때도 없이 웃는 병이래. 나중에 그 병이 희귀난치병인 엔젤만 증후군이라는 걸 알았어. 그때 난 집안 문제를 회사 일과 엮지 말라고 매몰차게 말했어. 그러자 정과장이 쌍욕을 퍼붓데. 씨발, 당신이 내 처자식 먹여 살릴래? 그땐 난 회사를 위해서라면 그보다 더한 일도 할 수 있다고 믿었어. 이러다 다 죽게 생겼는데 대의를 위해 소의가 희생하는 건 당연한 거라고. 그 칼끝이 나한테 향하고 나서야 왜 정 과장이 왜 그토록 독기 품은 눈빛으로 나를 노려보았는지 알겠더라."

민욱의 목소리가 무겁게 가라앉았다. 혼자 가슴앓이를 했을 그의 지난 시간이 안쓰러웠다. 무슨 말이라도 건네 위로를 해주고 싶었지만, 아까부터 계속 신경을 긁어대는 냉장고 소음 때문에 머릿속이 뒤죽박죽이었다. 나는 냉장고를 가리키며 흥분해 소리를 질렀다.

"쟤 좀 어떻게 해봐. 갖다 버리든지."

내 말이 끝나자 민욱은 천천히 자리에서 일어났다. 그리고 조용히 한마디 했다.

"나도 갖다 버리지, 그래."

나는 멍하니 민욱을 바라보았다. 냉장고 하나 바꾸자는 소리에 이런 말까지 들을 줄은 몰랐다. 아들 유학 비용을 감당하느라 부담스럽기는 하지만 이렇게 쥐어짜야 할 형편은 아니었다. 한두 해 쓰고 바꾸자는 것도 아니고 자그마치 20년이나 쓴 냉장고였다. 내가 무슨 말을 그렇게 하느냐고 따지자 이번엔 또 묵묵부답으로 일관했다. 점심을 먹는 내내 우리는 말 한마디 건네지 않았다.

민욱은 낚시를 가려는 듯 베란다로 나가 낚시통을 들고 나왔다. 내 눈치를 슬쩍 살피더니. 도시락 하나를 더 싸주면 안 되겠냐고 물었다. 황 선생이 아무것도 못 먹고 낚시터에 와서 라면을 끓여 먹는다고 했다. 마누라 말에는 별 관심도 없던 사람이 살뜰히 황 선생을 챙기는 모습을 보니 아직도 사업에 대한 미련을 버리지 못한 것 같아 불안했다. 절대 사업은 안 된다며 다시 한번 못을 막으며 야구공만 한 주먹밥 두 개를 만들어 주었다.

"정말 안 되겠어?"

"뭐가?"

"냉장고."

"또 그 이야기야."

"저러다 언제 퍼질지 모르니까 그렇지. 갑자기 고장이라도 나 봐. 당신이 고생해서 잡은 물고기 다 버려야 하잖아."

민욱은 그렇게 쉽게 고장 날 물건이 아니라며 정 사고 싶으면 연말까지 기다려 보자고 했다. 연말에는 특별 할인 행사도 많이 한다고 덧붙였다. 나는 낚싯대를 챙겨서 나가는 그의 뒤통수를 보며 한숨을 내쉬었다. 연말이 되려면 아직 한 달이 넘게 남았다. 냉장고가 애물단지처럼 느껴졌다. 고장 나 못 쓰는 것도 아닌데 당장 바꾸지 않으면 큰일 날것처럼 행동하는 내 모습이 낯설었다. 그러면서도 냉장고 하나 바꾸는 데 이렇게 허락이 필요한가 싶어 자괴감이 들었다. 한때 백화점에 진열된 물건처럼 반짝이던 시절이 떠올랐다. 그런 나를 주저앉힌 건 민욱이었다.

백화점 마케팅 부서에서 근무하던 나는 다른 지점에서 요청이 올 만큼 뛰어난 안목을 가졌다는 평을 받았다. 파견 나간 그곳에서 민욱을 만났다. 입사한 지 얼마 안 된 그는 열심히 내 뒤를 따라다니며 일을 도왔다. 매출을 끌어올리는데도 한몫했다. 덕분에 승진까지 한 그가 속마음을 내비쳤다. 우린 잘 맞는 것 같아요. 결혼해서 같이 살면 더 잘 맞을 줄 알았다. 민욱은 배가 불러서도 일을 하던 나를 보면서 손님들이 부담스러워한다는 말을 넌지시 건넸다. 당신이 부담스러운 게 아니고? 만삭이라 예민하고 힘들 때였다. 우리는 자주 그 일로 다투었다. 출산한 뒤 나는 다시 회사로 복귀하지 못했다. 그때 일을 그만두지 않았더라면, 냉장고 하나 사는데 이렇게 쩔쩔매는 일은 없었을 것이다. 내 꼴이 우스웠다. 죽이 되든 밥이 되든 지를까 싶다가도 오기가 발동했다. 두 달이 아니라 지금 당장 살 수밖에 없는 타당한 이유를 찾아보기로 했다.

무거운 가방이 한쪽 어깨를 짓누르는 AS 기사가 냉장고 상태를 살피더니 이 정도면 유물급이라고 했다. 자신이 이 일을 시작하면서 본 것 중에서 가장 오래된 냉장고라고. 어차피 수리하더라도 소음은 발생할 거라고 했다. 오래된 냉장고 전기세 잡아먹는 귀신인 거 아시죠. 출장비만 받고 돌아가던 기사가 말했다.

"우리 집에 귀신이 산대."

낚시터에서 돌아온 민욱에게 그 말을 전했다. 그의 눈이 커졌다. 나는 고갯짓으로 냉장고를 가리켰다.

"쟤, 전기세 잡아먹는 귀신이래."

민욱은 별 싱거운 소리 다 한다며 아예 신경도 쓰지 않았다. 나는 고지서를 가져와 그의 눈앞에서 깃발처럼 흔들었다.

"이것 좀 봐. 별로 쓴 것도 없는데 왜 이렇게 많이 나오나 했더니 다 쟤 때문이었어."

그는 고지서를 대충 눈으로 훑어보더니 피곤한 표정으로 소파에 몸을 기댔다. 이 집엔 내 편은 아무도 없는 것 같았다. 차라리 귀신이라도 내 편이었으면 좋겠다는 생각이 들 정도였다. 민욱은 며칠 전부터 감기에 걸려 코를 훌쩍거리며 계속 끙끙 앓는 소리를 냈다.

"옆에서 정신 사납게 하지 말고 병원에 가 봐!"

드드득, 드드륵. 이번엔 쇠구슬 굴러가는 소리가 들렸다. 민욱의 쿵쿵거리는 콧소리와 함께 장단이 척척 맞아떨어졌다. 이 정도면 지쳐서라도 사자는 말이 나올 법한데 끝까지 말이 없었다. 방법은 한 가지밖에 없었다. 고장이 나지 않으면 고장 나게 하면 된다. 왜 진즉에 그 생각을 못 했을까.

나는 냉장고 고장 내는 법을 검색했다. 나하고 똑같은 생각을 하는 사람이 있을까 했는데, 맙소사 있었다. 어떤 이가 누렇고 오래된 냉장고를 남편 몰래 티 안 나게 고장 내는 방법을 묻는 글이었다. 댓글도 제법 달렸다. 옆집에 누가 새 냉장고 샀나 보네요. 25년 된 냉장고와 함께 늙어 가는 중입니다. 다른 사람들은 뭘 이런 걸로 고민하나 싶겠지만 나는 몇 줄 안 되는 짧은 글에서 여자의 절박한 심정을 느낄 수 있었다. 개중엔 쓸모 있는 조언도 있었다. 냉장고 문을 꽝꽝 닫거나 살짝 열어두라는 것. 뜨거운 물을 냉동실에 넣고 식히는 것도 효과적이라고 했다.

나는 그가 낚시하러 가 집을 비운 틈을 타 곧바로 실행에 옮겼다. 냉동실을 꽉 채우고 있던, 정체 모를 봉지들을 꺼냈다. 그 사이로 뜨거운 물그릇을 넣고 문을 살짝 열어두었다. 비린내 함께 오래된 음식 냄새가 진동했다.

내가 냉장고와 씨름하는 사이 여자는 지치지도 않는지 꾸준히 카톡을 보내왔다. '요즘 아이들이 드론을 가지고 놀 거라곤 생각지도 못했어요. 조종기 버튼 하나로 이륙과 착륙, 이동까지 손쉽게 할 수 있다네요. 하나 사 주려고 알아봤더니 가격이 좀 나가더라고요. 애들 아빠가 있었으면 바로 사 주었겠지만 지금 우리 형편으론 부담스럽더라고요. 당연히 아들은 울고불고 난리가 났죠.'

아무리 읽어 보아도 사 달라는 말로밖에 들리지 않았다. 정 과장이 죽고 난 뒤 난 여자의 집으로 찾아간 적이 있었다. 시도 때도 없이 웃는다던 아이는 엄마 등 뒤에 숨어 고개만 살짝 내밀뿐 웃지 않았다. 내가 특별한 관심을 보이지 않자, 아이는 심통을 내기 시작했다. 슬금슬금 내 곁으로 다가오더니 바닥을 짚고 있던 내 손가락 하나씩 들었다가 툭 내려놓았다. 그래도 끝까지 반응을 보이지 않자 이번엔 손톱을 세워 더 세게 눌렀다. 그제야 내가 눈길을 주자 아이는 아귀처럼 입을 헤벌쭉 벌리고 웃었다. 집을 나오면서 내민 봉투도 아이가 먼저 낚아챘다.

나는 여자에게 전화를 걸었다. 여자는 줄기차게 문자를 보내면서도 죽어라 전화는 받지 않았다. 어떻게든 이번엔 결판을 낼 생각이었다. 이대로 계속 끌려다닐 수 없었다. 민욱과 같이 근무했던 동료의 부인으로부터 새로 이사 간 집 주소를 알아냈다. 여자가 이사한 집은 외곽에 있는 허름한 5층 빌라였다. 이렇게 멀리까지 이사 온 줄은 몰랐다. 나는 손에 든 빵 봉지를 꽉 움켜잡고 조심스럽게 초인종을 눌렀다. 여자에게 따지러 오면서도 빵을 사 들고 온 내 꼴이 조금은 웃겼다. 언젠가 아들이 아빠를 닮아 물고기 모양의 빵을 좋아한다는 말이 생각나 백화점 들렀다 오는 길이었다. 두 사람이 정말 붕어빵처럼 닮았는지도 모르겠다. 내 눈에는 전혀 닮아 보이지 않았으니까.

초인종이 긴 한숨을 내쉬듯 울렸다. 그 소리에 문을 열고 나온 사람은 여자가 아니라 노인이었다. 아. 아기 엄마요. 시골 부모님 곁으로 간다더라고요. 이사 온 지 얼마 되지 않았는데 또 이사를 간 모양이었다. 나는 들고 간 빵을 노인에게 건네고 돌아서며 마음 한편에서 다행이라는 생각이 들었다.

집에 도착도 하기 전에 여자의 카톡이 먼저 도착했다. '우

리 모자가 어떻게 살고 있는지 이제 속 시원하세요?' 여자
는 끝까지 조용히 살 생각이 없어 보였다. 정 과장 집에 다
녀온 이야기를 꺼내자 민욱의 표정이 굳어졌다.

"이사 갔대."

"이사?"

그의 표정이 미세하게 풀리며 입꼬리가 살짝 올라갔다.
그걸 보니 나도 모르게 웃음이 나왔다. 사실 나도 집으로
돌아오는 길에 이사했다는 말에 안심이 되었으니까. 아무
리 멀리 이사한다 해도 카톡은 어디서든 보낼 수 있었다.

소파에서 잠들어 있던 나는 새벽에 누군가가 내려다보는
기척에 놀라 눈을 떴다. 민욱이었다. 언제 왔는지 옷이 흠
뻑 젖어 있었고 흙 묻은 맨발로 내 앞에 서 있었다. 그는 마
치 낯선 생명체 보듯 나를 내려다보았다. 그 표정을 보는
순간 이유를 알 수 없는 두려움이 밀려왔다. 왜 저렇게 무
서운 얼굴로 보는 걸까. 혹시 나도 물고기처럼 냉동실에 얼
려버리는 건 아닐까.

"왜 그래?"

나는 간신히 몸을 일으키며 물었다. 민욱은 얼굴을 한번
쓸어내리더니 쓰러지듯 소파에 주저앉았다. 거실에 낚싯대
가 널브려져 있었고 신고 나갔던 운동화도 한 짝만 보였다.

"한 짝도 잃어버리기 전에 냉동실에 얼려버리지 그랬어."

나는 바닥에 널브러져 있는 운동화를 보며 비꼬았다. 기분 나쁜 내 말투에도 민욱은 아무 반응이 없었다.

"그 새끼가 튀었어!"

저수지 밑에 가라앉은 물고기처럼 입을 뻐끔거리는 민욱을, 나는 슬로비디오라도 보는 듯 멍하니 바라보았다. 그다음 그의 입에서 어떤 말이 더 튀어나올 두려웠다. 그동안사업 자금을 대주었다고. 황 선생이 우리 돈과 자신이 살던원룸 전세금까지 탈탈 털어 호주에 있는 가족들에게 보내고 사라졌다는 말이 내 심장을 뚫고 들어왔다.

"그 새끼 믿는 게 아니었어……."

민욱이 주절주절 변명을 늘어놓았다. 나는 하악질하듯달려들었다. 그런데도 그는 아무 저항도 하지 않았다. 내가 닥치는 대로 휘두르는 손길을 받아내며 묵묵히 앉아 있었다. 이런다고 해결될 일이 아니라는 걸 알면서도 멈출 수가 없었다. 내가 그렇게 단속하고 말을 했는데도 결국 사고를 쳤다는 생각에 손발이 부들부들 떨렸다. 그에게 경제권을 넘기는 게 아니었다. 내가 뭐 하나 사려고 하면 아직 쓸만한데 왜 사, 하면서 하도 좀생이처럼 구는 바람에 손을놓아 버렸다. 사업 이야기가 나왔을 때만이라도 경제권을내 앞으로 돌려놨어야 했다. 나는 물고기와 함께 그를 냉동실에 얼려버리고 싶은 심정이었다. 하지만 이럴 때가 아니었다. 어떻게든 한 푼이라도 되찾아야 했다. 간신히 정신을 차리고 돈은 되찾을 방법은 없느냐고 물었다.

"호주에 전화했더니 그 새끼 마누라가 자식 시험 때문에 못 나온대. 씨팔."

민욱의 눈은 충혈됐다. 눈이 튀어나올 듯 힘이 들어가 있었다. 내가 쉰 한숨에서도 자갈밭을 내달리는 말발굽 소리가 났다.

집안에는 침묵이 침전물처럼 쌓여갔다. 민욱은 여기저기 수소문하며 황 선생을 찾아 헤맸다. 작정하고 떠난 사람이 쉽게 모습을 드러낼 리 없었다. 어디에 숨었는지 소문만 떠돌았다. 어깨가 축 처져 들어온 민욱은 또다시 낚시갈 채비를 했다. 구각염이 심해 입이 헐고 물집까지 생겨 퉁퉁 부은 상태에도 낚싯대를 챙기는 모습을 보며 진즉에 낚싯대를 부러트리지 못한 것이 후회되었다.

"지금 낚시가 눈에 들어와?"

"혹시 알아. 낚시터에 또 나타날지."

"이미 대어를 잡았는데 잔챙이 잡아서 뭐하게?"

내 빈정거림에도 민욱은 아랑곳하지 않고 낚싯대를 챙겼다. 그는 범죄자가 자신이 저지른 장소에 다시 나타난다는 말을 철석같이 믿는 눈치였다.

"잡히기만 해. 내가 가만히 두나 봐라."

눈을 희번덕거리며 집을 나섰던 그는 다짐과 달리 매번 헛걸음만 하고 돌아왔다. 밤늦게 들어온 그는 곧장 주방으로 향했다. 차를 마시려는지 주전자에 물을 올렸다. 커피포트로 끓인 물은 덜 끓인 것 같아 찜찜하다며 늘 가스레인지로 팔팔 끓어야 직성이 풀리는 사람이었다. 주전자가 요란한 호루라기 소리를 내며 물이 끓어올랐다. 민욱은 티백을 넣어 둔 찻잔에 뜨거운 물을 따랐다.

"월척 잡았는데 놓쳤어. 지금까지 내가 잡은 물고기 중에 가장 컸어."

민욱은 차를 마시며 아쉬워했다. 아직도 정신을 못 차리고 월척 타령이나 하는 그가 한심스러웠다.

"월척 잡으려다 더 큰 월척 놓쳤잖아. 어차피 먹지도 않으면서 잡아서 뭐해."

민욱은 나의 타박에도 신문을 가져와 매직으로 그림을 그렸다. 물고기인지 고래인지 알 수 없을 만큼 큼직했다. 가위를 가져와 그려 놓은 물고기를 따라 오리기 시작했다. 축 처진 종이 물고기를 들고 자신이 기거하는 방문에 붙였다.

"그걸 왜 거기 붙여."

"월척이잖아."

뾰족한 주둥이에 떨어지지 않도록 여러 번 테이프를 붙여 놓았다. 마치 낚싯대에 걸린 물고기 같았다. 꼬리 쪽에는 인쇄된 화초 그림이 눈에 띄었다. 가늘게 휘어진 줄기 사이로 아기자기한 여린 잎이 돋아 있었다. 나는 고개를 기울이며 글자를 따라 읽었다. 마오리소포라. 정 과장이 좋아했다던 그 화초였다. 전사처럼 강하다고 했던 화초는 줄기가 휘어질 듯 연약해 보였다.

내 머릿속은 며칠째 쉬지 않고 울려대는 냉장고 소음에 폭발할 것 같았다. 전에는 잠깐씩 멈추기라도 했는데 이번에는 작정이라도 한 듯 멈추지 않았다.

"쟤 좀 어떻게 해봐!"

민욱도 소리가 너무 커서 놀랐는지 우두커니 냉장고를 바라보았다. 나는 안방으로 피신했다. 이불을 뒤집어써도 소음은 끈질기게 달라붙었다. 한낱 기계와 씨름하고 있는 내 꼴이 우스웠다. 저게 뭐라고. 씩씩거리며 밖으로 나왔을 때 민욱은 나가고 없었다.

나는 냉장고 속에 든 반찬 통과 소스 병, 김치통 등 마구잡이로 꺼내기 시작했다. 언제 넣어 두었는지 알 수 없는 음식물이 오래된 유물처럼 쏟아져 나왔다. 꽁꽁 언 물고기도 끄집어냈다. 냉동실과 냉장실에서 쏟아져 나온 물건들이 식탁에 그득했다. 저 많은 것들이 좁은 공간에 어떻게 다 들어갔을까 싶을 정도로 어마어마했다.

나는 괴력을 발휘해 냉장고를 끌어당겼다. 어디서 그런 힘이 나왔는지 모를 만큼 온몸에 힘을 주고 끌어당겼다. 장판이 밀리면서 냉장고가 끌려 나왔다. 나는 냉장실 냉각기 덮개를 벗기고 눈에 보이는 대로 연결선을 모조리 잘라버렸다. 냉장고 뒤쪽 먼지가 쌓인 컴프레서 연결선도 몽땅 잘라냈다. 냉장고는 불빛 한 점 없이 깜깜했다. 드디어 완벽하게 고장이 났다. 손을 쓸 수 없을 만큼 완벽했다. 속이 뻥 뚫린 기분이었다. 다시 냉장고를 제자리에 갖다 놓고 차례대로 어질러놓은 것들을 넣기 시작했다. 소음이 사라지자 이제 살 것 같았다. 오랜만에 어떤 방해도 받지 않고 깊은 잠에 빠져들 수 있었다. 푹 자고 일어났을 때 그가 커다란 봉지를 들고 집으로 들어왔다. 꽤 무거워 보였다.

"고래라도 잡았어?"

민욱은 내 말에 대꾸조차 하지 않고 냉장고로 향했다. 냉동고 문을 연 그의 얼굴이 일그러졌다. 부패가 시작된 냉동고에서 비린내가 훅 끼쳤다.

"멀쩡한 냉장고가 왜 고장 났지?"

"멀쩡하진 않았지. 내가 고장 날 거라고 했었잖아."

"이거 넣어야 하는데……."

"그게 뭔데? 정말 고래라도 잡았어?"

민욱은 손에 든 커다란 비닐봉지를 난감한 표정으로 내

려다보았다. 가까이 다가가자 나를 밀어내며 막았다. 검은 봉지를 김치냉장고에 넣더니 냉동실을 차지한 물고기를 하나씩 꺼내기 시작했다. 검은 비닐봉지에 쌓인 물고기는 이미 녹기 시작해 물이 뚝뚝 흘렀다. 민욱은 물고기 상태를 확인하려는지 비닐봉지를 벗겨냈다. 비린내가 폭발하듯 들끓었다. 이미 부패가 시작된 물고기가 역한 냄새로 자신의 부고를 진하게 알렸다.

"그걸 왜 벗겨? 그냥 버리지."

민욱은 내 말에도 아랑곳하지 않고 하나씩 비닐을 벗겨냈다. 자신의 눈으로 물고기 상태를 직접 확인해야 직성이 풀리는 모양이었다. 개수대에는 수십 마리의 크고 작은 물고기가 차곡차곡 쌓였다. 민욱은 개수대에 손을 짚고 엉거주춤 한 발을 뒤로 빼고 물고기를 들여다보았다. 애도라도 하는 걸까. 한참을 그렇게 서 있던 민욱은 신문지에 그린 물고기 그림을 가져와 그 위에 올려놓았다. 주머니에서 라이터를 꺼내 신문지에 불을 붙였다. 물고기 화형식이라도 하는 사람 같았다. 나는 놀라서 소리쳤다.

"뭐 하는 거야?"

"죽었어."

나는 들숨 날숨 없이 그의 등을 바라보았다. 신문지 모서리부터 타들어 가기 시작한 불길은 물고기를 잡아먹으려는 듯 빠르게 번졌다. 불룩한 배 쪽으로 향하던 불꽃은 단숨에 몸통을 삼켜버렸다. 저러다 다른 곳으로 불이 옮겨붙지 않을까 조바심이 났다. 화르르 치솟은 불꽃은 이내 사그라졌다. 대가리와 꼬리 쪽에 있던 마오리소포라 가지만 남기고 불이 꺼졌다. 집안에 매캐한 연기로 가득 찼다.

민욱은 탁자에 걸쳐두었던 바람막이 점퍼를 걸쳤다. 현관 쪽으로 가더니 며칠째 나뒹굴던 운동화 한 짝을 들더니 택배 상자에 집어 던지고 그대로 나가버렸다.

"어디 가. 저거 치우고 가야지!"

문이 쾅 닫혔다. 그를 따라가려던 내 말이 허공을 떠돌았다. 나는 팔짱을 낀 채 소파에 앉아 민욱이 나간 현관을 뚫어져라 바라보았다. 자리에서 일어나 김치냉장고로 향했다. 커다란 검은 봉지가 오래전부터 그 자리에 있었던 것처럼 묵직하게 김치통 한쪽을 차지했다.

나는 매듭을 풀었다. 얼마나 꼭꼭 싸맸는지 잘 풀리지 않았다. 가위를 꺼낼까 하다가 정말 고래라도 나올까, 겁이 덜컥 났다. 다시 소파로 돌아갔다.

등 뒤에서 드르륵, 드드륵 소리가 들렸다. 나는 흘끗 뒤를 돌아보았다. 아무 소리가 나지 않았다. 내 손으로 완벽하게 고장 낸 냉장고에서 소리가 날 리가 없었다. 설마 이번엔 김치냉장고? 그럴 일이 없었다. 김치냉장고는 새로 산 지 2

넌밖에 되지 않았다. 나는 다시 거실로 향했다. 턱, 턱. 턱.
소음이 내 뒷덜미를 사납게 낚아챘다.

서서 자는 잠

픽, 픽. 곡괭이 날이 튀어 오른다. 발뒤꿈치에 온 힘을 싣는다. 곡괭이를 내리칠 때마다 장딴지에서 시작된 통증이 허리와 어깨를 관통한다. 중심을 잃지 않으려고 다리에 힘을 주자 오른발이 날카로운 철사에 찔린 것 같다. 왼쪽 다리를 지렛대 삼아 중심을 잡아보려 하지만 마음먹은 대로 몸이 따라주지 않는다. 아침에 연장을 어깨에 둘러메고 산으로 올라가는 그의 등 뒤에 대고 소장이 비아냥거렸다. 허씨, 그 몸으로 일할 수 있겠어요? 이제 쉴 때도 됐잖아요. 소장의 말마따나 팔십을 코앞에 두었으니 쉴 때가 지나도 한참은 지난 나이였다. 칠십 평생을 막일로 굴린 몸이라 일이라면 이골이 날 대로 났다. 요즘 같아서는 만사가 귀찮다. 하지만 허상교는 한 번도 그런 내색을 해본 적이 없다.

　한 자 정도 땅을 파 내려가자 얼었던 흙이 떡고물처럼 고

슬고슬하다. 어깨에 힘이 덜 들어가고 곡괭이 날이 땅속 깊숙이 박힌다. 곡괭이로 어느 정도 파놓은 흙을 다시 삽으로 퍼내기 시작한다. 굴착기로 땅을 파면 금방 끝날 일을, 사람 손으로 일일이 하자니 시간이 오래 걸리고 성가시다. 묘지가 다닥다닥 붙어 있어 굴착기가 들어올 수가 없다. 그가 삽으로 퍼낸 흙을 한쪽으로 모으고 있을 때, 윤 씨가 손수레 가득 조화를 싣고 언덕을 내려간다. 그 모습이 마치 꽃상여 같다. 설날인 그저께 성묘를 다녀간 사람들이 먼지가 묻고 더러워진 조화를 버리고 새로운 것으로 갈아 끼워 공원묘지는 꽃이 만발해 있다. 바람에 꽃향기가 묻어나는 것 같다. 명절 뒤끝에는 몇 트럭 분의 쓰레기가 나온다. 조화와 막걸리 병, 소주병, 일회용 접시, 음식 찌꺼기 등 쓰레기를 치우느라 며칠 동안 눈코 뜰 새 없이 바빴다. 바쁜 걸 어떻게 알았는지 설 전후로 매장이 없다가 오늘 한꺼번에 두 건이나 잡혔다. 내일과 모레도 매장이 예약되어 있다. 일이 없을 땐 혼자 관리하다가 일이 많을 땐 윤 씨를 부른다.

까마귀 떼가 날아오른다. 햇볕이 따뜻하게 비추는 남향의 봉분 주변에는 까마귀들이 성묘를 지낸 뒤 남기고 간 음식을 먹느라 분주하다. 먹이를 찾아 이동하는 한 무리의 까마귀가 날갯짓할 때마다 자갈 구르는 소리가 난다. 무리에서 이탈한 까마귀 한 마리가 그의 주위를 빙빙 돌며 먹이를 찾아 나선다.

"저놈의 까마구 새끼들."

꽃집 여자가 언제 왔는지 두 팔을 휘저으며 까마귀를 내쫓는다. 공원묘지에서 꽃가게를 운영하는 여자다.

"허 씨, 오늘 매점이랑 찜질방 가기로 했는데 안 갈라요?"

"싫습니다."

허상교는 광중 속의 흙을 퍼내며 퉁명스럽게 대답한다. 다른 사람에게는 그렇지 않은데 유독 여자만 보면 말이 곱게 나오지 않는다. 화장을 떡칠한 여자의 몸에서 희미한 시취 냄새가 난다.

"그러지 말고 한번 갑시다. 시원한 식혜도 마시고. 매점이 한 턱 쏜다니까 우린 몸만 가면 된다니까요."

"그래도 싫습니다."

"허상교 씨는 맨날 남의 구덩이나 파다가 죽을 거요? 재미대가리도 없이."

"아지매는 재미로 사는 겨? 아지매 구덩이도 하나 파 드릴까?"

"이 영감탱이가 미쳤나 봐. 내가 미쳤지. 무슨 좋은 소릴 듣겠다고 여기까지 올라왔을까. 저러니 평생 혼자 살지."

얼굴이 붉으락푸르락한 여자가 뒤도 돌아보지 않고 언덕을 내려간다. 여자와 그는 고양이와 개처럼 으르렁거린다.

여자가 어떻게 살았는지 속속들이 알고 있는 탓일까. 여자를 볼 때마다 이상하게 부아부터 치민다. 여자는 젊은 나이에 딸 하나를 데리고 나이 많은 공원묘지 사장한테 재취로 들어왔다. 말이 좋아 재취 자리이지 집안 살림을 해주는 파출부나 마찬가지였다. 계약금 조로 얼마의 돈을 받고 들어왔다지만 그보다 나을 게 없었다. 여자는 집안일뿐만 아니라 공원묘지의 잡일까지 도맡았다. 그러면서도 그 앞에서는 사모님 행세를 하며 얼마나 거들먹거리던지 지금도 그 생각만 하면 꼴도 보기 싫다. 여자는 사장이 죽자 그 길로 쫓겨났다. 소장은 어쨌든 한때, 자신의 아버지를 돌봐준 여자를 모질게 대할 수 없었던지 사무실 한 귀퉁이에 방을 내주고 공원묘지에서 장사해서 먹고살도록 배려해주었다. 컨테이너로 지은 허름한 창고에서 꽃을 팔면서도 아직도 정신을 못 차리고 지나가는 남자들을 보면 꽃 안 사요. 이 꽃은 어때요, 하면서 자신을 손가락으로 가리키며 주책을 떨었다.

도영이가 휘뚤휘뚤한 산길을 따라 올라오는 것이 보인다. 그가 여기 있는 걸 어떻게 알았는지 생화보다 더 진한 노란 국화꽃 한 다발을 들고 껑충껑충 뛰어온다. 용돈이 생기면 공원묘지에 올 때마다 꽃을 사 오기도 하고 돈이 없을 때 야산에 핀 들꽃이나 남의 집 담장에서 장미를 꺾어오기도 한다. 그는 허리에 삽을 장총처럼 세우고 도영이가 올라오는 것을 지켜본다.

"우리 엄마 어디 있어요?"

언덕을 올라오느라 숨이 턱까지 찬 도영은 숨 돌릴 틈도 없이 묻는다.

"저기, 저 큰 나무 뒤쪽에……."

허상교는 기다리고 있었다는 듯 제법 큰 공작 측백나무를 가리킨다. 그가 가리킨 손끝을 따라 움직이던 도영은 묏등이 봉긋한 봉분을 발견하고 환하게 웃는다.

"안 추워? 뭐 하러 왔어?"

"엄마도 추워요."

"그래, 네 엄마도 추울 게다. 엄마 주려고 꽃 사 왔구나."

"네."

"네 엄만 참 좋겠다. 아들이 이쁜 꽃도 사다 주고."

칭찬을 들은 도영은 기분이 좋은지 연신 싱글벙글거린다. 자신이 사 들고 온 노란 조화에 코를 박고 냄새를 맡는다. 공작 측백나무가 서 있는 봉분으로 간 도영은 꽃병에 꽂혀 있는 꽃을 버리고 자신이 사 온 꽃을 꽂는다. 그는 도영이가 버린 꽃이 어디쯤 떨어졌는지 눈으로 확인한다. 꽃은 봉분이 내려앉아 흉하게 변한 묘지에 떨어진다. 그는 도영이가 가고 나면 다시 그 꽃을 주워 제자리에 꽂아놓는다.

성묘를 다녀간 사람들은 자신들이 사 온 꽃이 어떤 꽃인지 신경 쓰는 사람은 거의 없지만 그래도 혹시 모를 불상사를 대비해 원래 있던 자리에 갖다 놓는다.

그는 도영이가 지금까지 사 온 조화를 하나도 버리지 않고 컨테이너 창고 안에 차곡차곡 쌓아두었다. 그걸 본 여자가 값을 후하게 쳐주겠다며 자신에게 팔라고 했다. 그가 턱도 없는 소리 하지 말라고 일축해 버리자 여자는 융통성이라고는 눈을 씻고 찾아봐도 없는 양반이라며 몰아세웠다. 그는 여자의 꿍꿍이속을 잘 안다. 사용하지 않아 깨끗한 꽃은 되팔면 그만큼 이득이다. 여자는 그가 자신의 말에 콧방귀도 뀌지 않자 아이의 험담까지 늘어놓기 시작했다. 일부러 모자란 척하는 거 아니냐고, 얼마나 꽃을 주무르고 냄새를 맡는지 아마 생화였다면 짓물러 하나도 못 쓰게 됐을 거라고 말했다. 그는 아이가 정상이면 조화를 생화처럼 냄새를 맡겠느냐고 대꾸하려다 입씨름하기 싫어 입을 다물었다.

도영이가 자신이 입고 있는 오리털 파카를 주섬주섬 벗어 봉분 위를 덮는다. 엄마가 추울 거라고 하더니 따뜻하게 해주고 싶었던 모양이다. 그는 가끔 생각지도 못한 도영의 행동에 깜짝깜짝 놀라곤 한다. 건강한 아이로 태어났더라면 어디에 내놔도 남부럽지 않게 잘 자랐을 아이다.

도영은 철퍼덕 엎드려 연거푸 절을 하기 시작한다. 절이라기보다는 재미있는 놀이를 하는 것 같다. 도영은 한 가지 재미에 빠지면 시간 가는 줄 모르고 계속한다. 그에게 공원묘지는 사람이 죽어서 묻히는 엄숙한 장소가 아니라 마음껏 뛰어다니며 노는 놀이터와 마찬가지다. 지난해 가을, 추석을 코앞에 두고 벌초를 하느라 정신이 없을 때 불쑥 찾아와 다짜고짜 물었다.

"우리 엄마 어딨어요?"

오랫동안 성묘를 오지 않아 자신들의 가족이나 부모님을 찾지 못해 종종 물어오는 사람들이 있었다.

"네 엄마가 누군데?"

허상교는 빨리 일을 끝낼 욕심으로 부지런히 낫질하며 건성으로 물었다.

"엄마가 나도 안 데리고 갔어요."

열대여섯 살쯤 되었을까. 나이에 비해 말투가 어눌하고 어린애 같아 이상하다고 생각은 했지만 자폐증을 앓고 있는 줄은 몰랐다. 아이가 산소를 찾지 못하자 울먹거렸다. 뒤를 따라다니며 자신의 엄마를 찾아 달라고 조르는 바람에 그는 하던 일을 제쳐두고 아이를 따라나섰다. 엄마가 언제 죽었느냐, 나이가 몇 살쯤 됐느냐 물어도 도영은 엉뚱한 대답만 늘어놓았다. 넓은 공원묘지를 다 돌아다녀도 끝내 찾지 못했다. 장부에 적힌 명단까지 확인했지만 허사였다.

"그만해, 힘들어!"

그는 계속 절을 하는 도영을 향해 소리친다. 모자를 깊숙이 눌러써 말이 잘 들리지 않는 모양이다. 그가 다시 소리치자 그제야 뒤를 돌아본다. 봉분을 덮었던 옷을 그대로 두고 내려온다. 가자고 오라고 손짓하자 다시 뛰어갔다가 옷을 챙겨온다. 먼지 부스러기가 묻은 옷을 그대로 입으며 연신 코를 훌쩍거린다. 날도 추운데 점퍼를 벗고 절을 한 탓인지 그새 감기에 걸린 모양이다. 그는 옷에 묻은 부스러기를 털어주며 얼른 집에 가라고 조곤조곤 타이른다. 도영은 집에 가라고 해서 화가 났는지 뿌루퉁하다. 광중 속으로 돌멩이 하나를 힘껏 차 넣더니 뒤도 돌아보지 않고 언덕을 내려간다.

뒤늦게 성묘를 온 성묘객들이 몇몇만 눈에 띌 뿐 공원묘지는 한산하다. 그는 컨테이너 창고에서 대충 점심을 때우고 느긋하게 다시 산으로 올라간다. 언제 왔는지 양 씨의 모습이 보인다. 늙은이들은 밤새 안녕이라고, 사흘돌이로 오던 양 씨가 며칠째 보이지 않아 걱정하던 차였다. 잠든 아들의 이마를 쓰다듬듯 묏등을 쓰다듬는 양 씨의 모습이 편안해 보인다. 햇살이 엉덩방아를 찧으며 그녀의 굽은 등 위에서 미끄럼을 탄다. 제사용품을 준비해 왔는지 상돌 위에는 사과와 배, 포(脯), 종이컵이 나란히 놓여 있다.

"이번 설에 성묘하러 안 오셨더구먼요."

반가운 마음에 그는 인사도 없이 대뜸 안부를 묻는다. 양 씨가 찔꺽눈을 치뜨며 뒤돌아본다. 며칠 앓다가 나왔는지 얼굴이 해쓱하다.

"오랜만이네요. 하필 명절 때 다리가 고장 났지 뭐요."

"몸이 안 좋으면 집에 있지, 뭐 하러 오셨어요. 내가 아들한테 말 잘해놨는데……."

"뭐라고 하셨는데요?"

그녀가 아들 말이 나오자 반색한다. 위로할 셈으로 꾸며낸 이야기인 줄 알면서도 양 씨는 아들 이야기만 나오면 정신을 못 차린다.

"이제 네 엄마도 나이 들고 몸도 안 좋으니까 그만 놔주라고 했어요."

"그랬더니 우리 아들이 뭐라고 하던가요?"

"자기도 엄마가 그만 찾아왔으면 좋겠다고 하더군요. 자기 때문에 고생하는 모습 더 이상 보고 싶지 않다고."

"고생은 무슨 고생……. 내가 누구 때문에 사는데."

양 씨가 눈시울을 붉힌다. 마음이 짠하다. 10년 전, 생때같은 자식을 교통사고로 잃은 양 씨는 군에 간 아들 면회 오듯 찾아왔다. 소주 한 잔을 따라놓고 잠든 아들 이마를 쓰다듬듯, 밤송이처럼 까칠까칠한 묏등을 쓰다듬는 양 씨를 보며 몇 번 찾아오다 말겠거니 했다. 누구나 처음엔 죽은 사람을 잊지 못해 자주 찾아오다가 시간이 지나면 뜸해지기 마련이다. 그런데 양 씨는 한 해가 가고 두 해가 가도 변함이 없었다. 관절염이 심해져 갈수록 오자 다리를 질질 끌며 사흘이 멀다 하고 찾아왔다.

허상교는 아무 때나 찾아와 아들에게 술을 따라 주는 양 씨가 부럽다. 무연고 쪽으로 눈길을 준다. 야산을 끼고 돌아앉아 낮에도 해가 들지 않아 을씨년스럽다. 늘 지나다니는 길인데도 가끔 그 앞을 지날 때면 등골이 오싹해지곤 한다. 그는 양 씨처럼 드러내놓고 아들을 찾아가 술을 따라줄 처지가 못 된다. 늘 멀리서 멀뚱히 바라보거나 아무도 없을 때 잠깐씩 다녀오는 것이 고작이다.

"이번 설에 빈 병이 많이 나왔더라고요. 눈에 잘 띄는 곳에 모아두긴 했지만 구석구석 잘 찾아 봐야 해요. 내가 안 바쁘면 도와줄 텐데, 혼자 힘들지 않겠어요?"

"쉬엄쉬엄할게요. 우선 아들이랑 한잔하고요. 같이 한잔하실래요?"

"두 모자가 오랜만에 만나 회포를 푸는데 주책머리 없이 끼어들어 아들한테 무슨 구박을 받으라고요. 리어카가 안 보이네."

"힘들어서 저 밑에 두고 왔어요. 좀 있다 가서 가져와야 지요."

양 씨의 손수레가 도로 가에 세워져 있는 것이 보인다. 자 신의 몸도 건사하기 힘든데 공원묘지에 올 때마다 손수레 를 끌고 와 공병을 거둬 간다. 손수레는 예전에 그가 쓰던 것이다. 공원묘지에 왔다 갔다 하며 얼굴을 익힌 양 씨가 하루는 공병을 가져가면 안 되겠냐고 물었다. 그는 흔쾌히 승낙했다. 폐품수집업자가 가끔 들러 수거해 가지만 제때 치우지 않아 빈 병이 여기저기 나뒹굴었다. 일하다가 깨진 유리병에 손을 다치기도 했다. 빈 병이 많아도 가져가는 것 이 문제였다. 손수레를 장만하려면 당장 돈이 들었다. 그는 고장이 나 오랫동안 한쪽 구석에 내버려 둔 손수레를 꺼냈 다. 삭아서 너덜너덜해진 고무바퀴를 새로 갈고 철제를 잇 댄 나무판자도 손질했다. 깨끗이 수리된 손수레를 받아든 양 씨가 이 신세를 어떻게 다 갚아야 할지 모르겠다며 눈시 울을 붉혔다. 그는 그런 양 씨 앞에서 차마 그 손수레가 아 내와 아들의 실은 상여였다는 말은 할 수 없었다.

그는 다시 땅을 파기 시작한다. 가로 2미터 10센티미터, 세로 70센티미터의 직사각형 유택을 짓는다. 일은 단순하 면서도 때로는 정교함을 요구한다. 무엇보다도 돌이 삐져 나오지 않도록 반듯하게 땅을 파는 것이 중요하다. 단순히 땅을 파는 것에 불과하지만 사람이 죽어서 영원히 살집이라고 생각하면 더 신경이 쓰인다. 사람들은 쉽게 말한다. 그까짓 죽어라 땅만 파면 되는 거 아니냐고. 맞는 말이다. 죽어라 땅을 파면 되긴 된다. 하지만 일 미터 넘게 땅을 파는 일이 쉽지가 않다. 땅을 깊이 파야 시신이 삭을 동안 벌레가 생기는 것을 막을 수가 있고 또 공기가 들어가지 않는다. 한 삽씩 흙을 퍼낼 때마다 아내와 아들이 살아갈 집이라고 생각하면서 지금까지 일 해왔다. 벽마다 곰팡이가 슬고 한여름에도 냉기가 차오르는 집에서 늘 천식을 달고 살았던 아내, 죽어서라도 습기가 차지 않고 따뜻한 곳에서 편하게 살 수 있길 바랄 뿐이다.

"불이야!"

일이 거의 끝나갈 때쯤, 산불감시원이 다급하게 외치는 소리가 들린다. 그는 광중 속에서 나와 산불감시원이 불을 끄고 있는 2구역 쪽으로 뛰어간다. 마음만 앞설 뿐 몸이 제대로 움직여주지 않는다. 공원묘지를 조성할 때 산에서 굴러떨어진 돌에 발등을 다쳤다. 뼈가 가루처럼 으스러져 인조 뼈를 박아 넣었다. 걸을 때는 불편하긴 했지만 남의 눈에 띌 정도는 아니었다. 나이 들고 건강이 나빠지면서 눈에 띄게 절뚝거린다. 그는 디딜방아처럼 절뚝거리며 정신없이 뛰어 내려간다. 다행히 산불감시원이 일찍 발견해 불은 크게 번지지 않았다. 묘지 한 기가 폭탄 맞은 것같이 시커멓게 그을렸다. 집에 간 줄 알았던 도영이 산불감시원 주위를 빙빙 돌며 안절부절못한다.

"춥다고 라이터로 불을 피웠나 봐요."

감시원이 일회용 라이터를 내민다. 도영이가 그의 눈치를 보며 감시원 뒤로 슬금슬금 숨는다. 집에 가라고 그렇게 말했는데 말을 듣지 않더니 끝내 사고를 치고 말았다. 그는 어디서 못된 짓을 배웠냐며 냅다 소리를 지른다.

"왜 할애비 말을 안 들어? 어떻게 할 거야, 이거."

그가 화를 내는 모습을 처음 본 도영은 겁을 먹었는지 큰 눈을 끔뻑거리며 울상을 짓는다. 산불감시원이 턱짓한다. 소장이 무거운 몸을 이끌고 헐레벌떡 산으로 올라오는 것이 보인다. 어떻게 알았을까. 꽃집 여자가 손차양하고 염탐꾼처럼 이쪽을 올려다보는 것이 보인다. 여자가 일러바친 게 틀림없다. 꽃집에서 공원묘지가 한눈에 들어왔다. 가만히 앉아서도 무슨 일이 일어났는지 알 수 있다. 그는 도영의 등을 떠민다. 도영은 기다렸다는 듯이 부리나케 내뺀다.

"맨날 허 씨 찾아오는 그 미친놈 어디 갔어요? 그놈이 불냈다면서요."

소장을 두리번거리며 도영을 찾는다. 언덕을 올라오면서 마주쳤는데도 모자에 눌러써 알아보지 못한 모양이다.

"미친 애라뇨. 그 아인 미치지 않았어요."

"지금 내 앞에서 그놈 두둔하는 겁니까? 허 씨가 그놈을 감싸주니까 이런 일이 생기는 거 아니오? 설이 지났을 망정이지, 성묘하러 왔다가 이 꼴을 보면 다들 뭐라고 하겠어요? 이 자식, 내 눈에 띄기만 해봐라. 다신 발을 들이지 못하게 다리 몽둥이를 부러트려 놓을 테니까."

소장이 잔소리를 쏟아내는 동안 그는 검게 그을린 묘지를 장갑 낀 손으로 문지른다. 시커먼 잿가루만 날린다. 새로 풀이 돋아나는 봄까지 묏등은 썩은 이빨처럼 남아 있을 것이다. 소장이 투덜거리며 내려간 뒤에도 그는 쉽게 자리를 뜨지 못한다. 그의 속이 시커멓게 타들어 간다.

육만 평의 넓은 공원묘지에 그의 손이 안 거쳐 간 곳이 없다. 봉분에 띠를 입히고 표석을 세우는 것도 그의 손으로 다 했다. 공원묘지를 둘러싼 숲에서는 벌써 어둠이 깃들기 시작한다. 그는 자리에서 일어날 엄두를 못 내고 한참 동안 넋을 놓고 앉아 있다. 두리번거리며 양 씨를 찾는다. 손수레가 보이지 않는 걸 보니 빈 병을 주워 돌아간 모양이다.

현관문을 열고 들어서기 전, 그는 습관처럼 심호흡한다. 중앙집중식 난방이라 난방에 신경 쓸 일이 없는데도 집안 어디에선가 매캐한 연탄가스가 나는 건 아닌지 킁킁거리며 냄새를 맡는다. 입안에 거품을 문 채 아들을 안고 쓰러져 있는 아내의 환영이 눈앞에 아른거린다. 벌써 몇십 년도 더 지난 일인데도 그때의 기억이 어제 일처럼 새록새록하다. 장마철에 피워두었던 연탄 아궁이에서 빠져나온 가스가 아내와 아이의 숨통을 막아 버렸다.

퇴근을 서두르는데 소강상태에 있던 장맛비가 무서운 기세로 퍼붓기 시작하자 작업복으로 갈아입을 틈도 없이 그는 다시 산으로 올라갔다. 기껏 파놓은 광중 속으로 시뻘건 진흙이 쏟아져 들어갔다. 다음 날 아침에 매장이 세 건이나 잡혀 있었다. 죽는 사람이 날씨 봐가면서 죽는 것도 아니어서 비가 오면 낭패였다. 광중 속에 가득 찬 진흙을 퍼내고 빗물이 들어가지 않도록 비닐로 씌워 단속해 놓고 늦게 집으로 왔다. 아이는 이미 숨져 있었고 아내는 병원으로 옮기던 중 숨졌다. 사흘 내내 술을 퍼마셨다. 같이 따라 죽을 생각이었다. 끝내 죽지도 못하고 피를 토하고 쓰러져 병원에 실려 가기도 했다. 며칠 만에 출근했을 때 사장은 그의 등을 다독이며 위로를 해주었다. 어쩌겠는가. 산 사람은 살아야지…… 사는 게 원수처럼 느껴졌다. 사장의 말처럼 산 사람은 어떻게든 살아가는 모양이었다.

벽에 걸린 아내의 알록달록한 원피스와 아들의 청바지가 눈에 들어온다. 재작년 기일 때 마지막으로 산 옷들이다. 그는 해마다 기일이 돌아오면 아내와 아들의 옷을 한 벌씩 샀다. 두 사람을 묻고 돌아왔을 때 제일 먼저 눈에 들어온 것은 목이 축 처진 채 벽에 걸려 있는 옷이었다. 꼭 아내와 아들이 나란히 목을 매고 있는 것 같았다. 티셔츠는 얼마나 오래 입었는지 열한 살의 아들이 입기에는 터무니없이 작아 보였고 아내의 원피스는 여기저기 실밥이 터지고 보풀이 일었다. 그는 아내와 아들이 좋은 옷도 못 입어 보고 죽었다는 생각에 옷을 사 나르기 시작했다. 아들이 열다섯 살이 되었을 때는 그 또래의 아이들을 보며 옷을 샀고 스무 살이나 서른 살이 되었을 때도 마찬가지였다. 그러다 그 일도 그만두었다. 아들의 얼굴이 기억나지 않을 만큼 흐릿해지는데 입지도 못할 옷을 사는 것이 부질없게 느껴졌다.

누군가가 깨우는 소리에 눈을 번쩍 뜬다. 아내의 목소리다. 요즘 부쩍 환청에 시달린다. 아내의 얼굴은 희미해지는데 목소리는 날이 갈수록 선명해진다. 어젯밤 술을 마시다 그대로 잠들었다. 소주병과 스테인리스 그릇에 말라비틀어진 오징어젓이 보인다. 이불도 덮지 않고 거실에서 그대로 잠들어 허리가 아프다. 벌써 여덟 시가 넘었다. 아홉 시에 매장이 잡혀 늦어도 여덟 시까지는 출근해 준비를 끝내야 한다. 늑장을 부리며 일어난 그는 소장이 뭐라고 하면 때려치우지 뭐, 호기를 부리며 집을 나선다. 거울에 비친 늙은 영감쟁이가 그런 그를 보며 기특하다는 듯 싱긋이 웃는다.

"공원묘지로 갑시다."

조금 전까지 호기를 부리던 모습과 달리 아파트 입구에서 유턴하는 택시를 간신히 잡아타고 서두르기 시작한다. 택시 운전사가 백미러를 통해 이상한 눈빛으로 쳐다본다.

"영감님, 아침부터 거긴 뭐하러 가시는데요. 거긴 죽어서 가는 곳인데……."

"죽지 않아도 매일 가는 사람이 있어요. 흐흐흐……. 내가 거기서 죽은 사람 집을 지어주거든요."

"영감님이요?"

"기사 양반도 혹시 필요하면 나한테 부탁해요. 내가 멋들어지게 지어 주리다."

한참을 잘 달리던 택시가 끽 소리를 내며 갓길에 멈춰 선다. 택시기사가 나이를 처먹었으면 곱게 처먹어야지 아침부터 별 재수 없는 소릴 다 한다며 당장 내리라고 소리친다. 그는 4차선 도로에 서서 달아나는 택시의 꽁무니를 바라보며 혼자 중얼거린다. 누구나 태어나면 한번은 다 죽는데 그 말이 그렇게 고까운가.

그는 사무실 문 앞에서 선뜻 안으로 들어가지 못하고 머뭇거린다. 웬일로 일찍 출근한 소장의 목소리가 사무실 밖까지 쩌렁쩌렁 울린다.

"도대체 요즘 사람들은 조상 무서운 줄 모른다니까. 자기

들 편하고 죽은 사람을 또 그 뜨거운 불구덩이 속에 집어넣질 않나. 우리가 벌초든 뭐든 다 해준다는데 왜 싫다는 거야? 묘지가 국토를 망쳐? 좋아하시네. 진짜 국토를 망치는 것들은 따로 있는데."

하루에 몇 건씩 들어오던 매장이 줄면서 매사에 신경질적으로 변한 소장은 매장문화 때문에 여의도 면적의 6배인 땅이 묘지로 사라진다는 아침 방송을 보며 열을 올린다.

"그러게 말입니다. 환경단체에서나 텔레비에서 저렇게 떠들어대니 마치 우리가 국토를 갉아먹는 악덕업자 취급당하는 거 아닙니까. 벽제화장장은 냉각할 틈도 없이 24시간 풀가동 한답디다. 과자나 신발 만들어내는 공장도 아니고, 원. 24시간 풀가동이라니. 어, 허 씨 왔네요."

그를 먼저 발견한 상무의 말에 소장이 책상 너머로 고개를 빼고 인상을 쓴다. 지금이 몇 신 줄 아느냐며 일하기 싫으면 당장 때려치우라고 소리친다.

"아버지 얼굴 봐서 그동안 참았더니 갈수록 태산이구먼. 허 씨, 빨리 안 나가고 뭐 해요!"

그는 옷을 갈아입을 틈도 없이 황급히 작업복을 들고 밖으로 나온다. 산으로 올라가는 발걸음이 천근만근이다. 둘러멘 곡괭이가 어깨를 짓누른다. 사장 대신 경영을 맡은 소장은 젊고 힘 있는 사람을 쓰려고 했다. 뇌졸중으로 쓰러진 사장이 일선으로 물러나서도 끝까지 챙겨주지 않았더라면 그는 벌써 쫓겨났을 것이다. 어디 가서 이만한 사람 구하기도 힘들다며 스스로 그만둘 때까지 군말 없이 데리고 있으라는 사장의 당부 덕택에 지금까지 버틸 수 있었다.

소장은 이대로 가다간 전설의 고향에 나오는 공동묘지로 변할 거라며 새로운 경영혁신이 필요하다고 했다. 외국처럼 공원으로 꾸며 누구나 쉬었다 갈 수 있도록 만들자고 했다. 소장의 야심 찬 계획은 초기 단계부터 삐거덕거렸다. 불과 몇 년 전만 해도 선산이 없어 공원묘지의 작은 땅덩어리에 조상을 묻는 것조차 가슴 아파했던 사람들도 국토를 후손에게 물려주자는 환경단체에서 말에 매장을 망설이는 사람들이 늘어났다. 5년마다 한 번씩 내는 관리비도 이 핑계 저 핑계 대며 미루는 일이 잦아졌다. 하룻밤 술값도 안되는 관리비를 미납한 사람들에게 독촉장을 보내도 반송되거나 미납하는 경우가 대부분이었다. 급기야 이번 설을 앞두고 비석에 관리비 체납 스티커를 붙였다가 성묘를 온 가족들로부터 항의를 받고 부리나케 떼어 낸 적도 있었다.

운구 행렬이 줄을 이어 들어온다. 상여에 실려 자신이 살던 집과 골목을 한 바퀴 돌며 노제를 지내고 산으로 올라오던 것이 지금은 버스에 실려 시속 70킬로미터로 달려온다. 저승 가는 길이 점점 빨라지고 있다. 사내아이가 앞장서서 들고 온 영정 속 남자는 자신이 들어가 눕게 될 광중 속을 물끄러미 내려다본다. 광중과 관 사이에 흙을 채워 넣고 명정을 반듯하게 펴서 덮는다. 맏상제는 윤 씨가 퍼준 흙을 상복 앞자락에 담아 관 위에 세 번 뿌린다. 취토, 취토, 취토. 상주가 한 줌의 흙을 뿌리며 이별 의식을 치르는 동안 다른 가족들이나 친지들은 마지막 가는 고인의 모습에는 관심이 없고 잡담하거나 돌아서서 바람을 피한다.

"가만히 있어 봐라."

칠십 줄에 들어선 남자가 상주 앞을 가로막고 나선다.

"왜요?"

"네 아버지가 언제 박 씨로 개명했냐?"

사람들이 웅성거리며 모여든다. 허상교는 그럴 리가 없다며 취토한 흙을 손바닥으로 쓸어낸다. 남자의 말대로 김해 김씨로 되어 있어야 할 명정이 밀양 박씨로 바뀌어 있다.

"아제가 못 봤으면 아버지가 남의 이불 덮고 저승 갈 뻔했네요. 사람들이 무슨 일을 이딴 식으로 해."

남자가 휴대전화를 꺼내 들고 어디론가 전화를 건다. 남자가 핏대를 세우며 전화를 하는 동안 그는 윤 씨와 막걸리를 한 잔씩 걸친다. 막걸리 한 병쯤은 냉수 들이켜듯 마시는데 빈속이라 금방 취기가 올라온다. 매장을 빨리 끝내고 광중 한 기를 더 파야 하는데 아무래도 일이 늦어질 모양이다. 일하다 보면 뜻하지 않는 일이 비일비재하다. 삼우제를 지내러 온 가족들이 비석이 바뀐 것도 모르고 제사를 지낸 적도 있었고 그의 실수로 광중이 바뀐 채 매장을 해 혼쭐이 난 적도 있다. 그때 일을 생각하면 지금도 눈앞이 캄캄해진 다. 마침 좋은 사람들을 만나 일을 쉽게 마무리 지을 수 있 었지, 오늘같이 까다로운 사람들을 만났으면 사달이 나도 크게 났을 것이다. 명정이 오고도 한참 동안 또 실랑이가 벌어진다. 평토제를 지내고 나니 2시가 넘었다. 호상이라 그다지 슬퍼하지 않던 상주들도 일이 잘못된 것이 마치 우 리 탓인 양 툴툴거리며 돈 2만 원을 쥐어 주고 황급히 내려 간다.

"참, 짜다 짜. 왜 우리한테 지랄들이야."

윤 씨가 삽을 집어 던지고 막걸리를 들이켠다. 그는 말없 이 삽을 연촛대 대신 짚고 흙을 다진다. 왼발과 오른발을 번갈아 움직이며 박자를 맞춘다. 공원묘지의 장례 절차가 축소되고 속상한 일이 있어도 달구질만은 정성을 다한다.

에~혜~달~구. 내가 먼저 선창을 한다. 맴돌이하듯 빙 글빙글 돌아 위아래로 옮겨 다니며 오랜 세월이 흘러도 분 묘의 형태가 뭉개지지 않도록 차곡차곡 흙을 다진다. 가끔 봉분이 내려앉은 것을 보면 그의 잘못인 양 속상할 때가 많 다. 다시 고쳐주고 싶은 마음이 굴뚝같지만, 가족 허락 없이는 함부로 손댈 수가 없다. 나중에 후손들이 교통사고나 안 좋은 일이 생기면 묘를 잘못 손봐 그렇게 됐다며 그를 원망했다.

"행님. 이렇게 한다고 누가 알아주는 것도 아닌데, 퍼뜩하고 내려갑시다. 얼어 죽겠어요."

"그만큼 정성을 다하면 나한테 복이 오는 걸세."

"복은 무슨 얼어 죽을 복. 그렇게 복이 많아서 행님은……."

자라목을 한 윤 씨가 그의 눈치를 살피며 입을 다문다. 허상교는 그가 무슨 말을 하려는지 다 안다. 윤 씨 말대로 그 복을 다 받았으면 처자식이 그렇게 허망하게 떠나보지 않았을 것이고 그 또한 이렇게 지지리 궁상으로 살지 않았을 것이다. 아내와 아들 명까지 사는 것도 복이라고 하면 복일까. 아내가 죽고 나서 딱히 혼자 살려고 한 것도 아닌데 여자들이 서너 달을 못 견디고 떠나간 걸 보면 윤 씨의 말처럼 지지리도 복이 없긴 없나 보다.

윤 씨와 그의 목소리가 바람 소리처럼 넓은 공원에 퍼진다. 연촛대 대신 삽으로 내리찍는 다짐 소리에 맞춰 그의 몸이 춤을 추듯 흔들린다. 절뚝거리던 걸음걸이도 하나의 춤사위가 된다. 자신이 읊조리는 말소리를 듣고 고인이 좋은 곳으로 가도록 마음을 다해 선소리한다.

달구질을 끝낸 뒤, 광중 하나는 더 팠다. 두 사람이 힘을 보태니까 혼자 할 때보다 훨씬 빨리 끝난다. 윤 씨는 일이 끝나자마자 뒤도 돌아보지도 않고 산에서 내려간다. 그는 쉽게 발길이 떨어지지 않는다. 무엇인가를 잃어버린 듯 허전하다. 꽁초를 입에 문다. 공원묘지에서 담배를 피우면 안 되는 걸 알면서도 가끔 종잡을 수 없을 땐 담배를 피운다. 도영과 양 씨의 얼굴이 어른거린다. 도영은 어제 그가 혼을 내 많이 놀랐을 것이다. 종일 아이의 모습이 보이지 않는다. 양 씨의 손수레도 보이지 않은 걸 보니 또 몸이 안 좋아 드러누운 모양이다.

8구역은 둘레석도 없이 봉분과 비석만 덩그렇게 있다. 한 평 반짜리 작은 봉분들이 어깨를 맞대고 다닥다닥 붙어 있는 모습이 정겹다. 화려한 장식도 없이 수수한 모습의 묘지를 볼 때면 죽음은 멀리 있는 것이 아니라 늘 가까이 있다는 생각이 든다. 그들은 죽은 사람이 아니라 이웃처럼 다정하게 느껴진다. 8-1-23. 8구역 23번지는 죽은 사람의 혼 번지다. 어려서 죽은 아이의 유택은 아들과 같은 해에 태어나 몇 해를 더 살다 갔다. 그 아이에게는 한 평 반 크기의 번듯한 집이라도 있지만 그의 아들에겐 떳떳한 문패조차 없다. 맨날 남의 집은 지어주면서 정작 자신에게는 아무것도 해주지 못한 못난 아버지를 원망하고 있지는 않을까. 그는 8구역을 지나 햇볕이 잘 들지 않은 구석진 곳으로 간다. 표석도 없이 봉분이 땅에 달라붙어 있는 무연고 묘역이다. 누구 하나 찾아오는 사람 없이 쓸쓸히 죽어간 사람들. 그 죽음을 위로하듯 울창한 동백나무 한 그루가 서 있다. 동백나무 꽃잎이 바람에 흩날리며 묏등에 점점이 떨어진다. 그는 그 자리에 털썩 주저앉는다. 아내와 아들을 합장한 묏등을 천천히 쓰다듬는다. 봉분은 이발소에서 이발기로 바짝 민 아들의 머리처럼 까칠까칠하다. 열흘 만이다. 명절에는 바빠 들여다볼 틈이 없었다. 비가 쏟아지는 칠흑 같은 밤, 그는 무슨 생각으로 그들을 손수레에 태우고 공원묘지에 왔는지 제정신이 아니었다. 오로지 아내와 아들을 자신의 손으로 묻어야 한다는 생각뿐이었다. 헌 이불로 아내와 아들을 둘둘 말아 탈관하듯 한 곳에 묻었다. 질척이는 흙을 밟을 때마다 발이 진흙탕에 푹푹 빠졌다. 발길질에 아내와 아들이 밟힐까 봐 흙을 제대로 다지지도 못하고 산에서 내려왔다. 세월이 흘러 아무 표석이 없으면 묘를 찾지 못할 것 같아 그 옆에 묘목 한 그루를 심었다. 어린나무가 풍채가 우람한 나무로 자랐다. 동백나무의 붉은 꽃이 알전구처럼 조롱조롱 매달렸다. 그가 없더라도 동백나무가 아내와 아들을 지켜줄 것이다.

눈발이 흩날리기 시작한다. 눈은 금방 함박눈으로 변해 봉분 위에 쌓인다. 그는 표석처럼 그 자리에 서서 공원묘지를 하얗게 덮는 눈을 지켜본다. 봉분과 묘지를 울긋불긋 장식한 조화와 그의 어깨 위에도 위로하듯 눈이 쌓인다. 까마귀 떼들의 움직임이 부산스럽다. 날이 희끄무레해지자 까마귀 떼들이 숲으로 푸드덕 날아간다.

허상교는 낮에 장례를 치르고 남은 막걸리를 마저 마시고 얼어서 버석거리는 수육 한 점을 씹으며 걸어간다. 자꾸 발이 접질린다. 아이쿠. 발을 헛디뎌 넘어지고 만다. 몸이 어디론가 빨려 들어간다. 차가운 눈이 코끝에 와닿는다. 눈으로 덮인 땅속에서 따뜻한 온기가 느껴진다. 낮에 파놓은 광중이다. 그는 똑바로 누워 반쯤 접힌 왼 다리를 쭉 편다. 안성맞춤이다. 편안하고 아늑하다. 조금 전까지 아파서 움직이는 것조차 힘들었던 다리의 통증이 줄어든다. 스르르, 눈이 감긴다. 잠이 쏟아진다. 눈이 명정처럼 내 몸을 덮는다.

내 안의 천사

겨울은 더디게 흘러갔다. 건물 사이로 몰아치는 거친 바람이 달리는 자동차 바퀴 사이로 줄달음쳤다. 나는 병원 문이 열리기 전부터 문 앞에서 망부석처럼 자리를 지켰다. 형틀처럼 목에 걸려 있는 피켓이 바람에 날릴 때마다 내 얼굴을 툭툭 쳤다. 한 손으로 피켓을 잡고 지하 주차장으로 들어가는 자동차를 유심히 살폈다. 국산 차만 줄줄이 들어갈 뿐, 원장이 타고 다니는 벤츠가 보이지 않았다.

검은 SUV 자동차 한 대가 들어섰다. 바로 원장의 차였다. 나는 차 앞으로 뛰어가 길을 막아섰다. 검게 선팅된 창문 때문에 안이 잘 보이지 않았다. 자동차가 앞으로 움직이려 하자 두 팔을 벌리고 보닛 위에 몸을 던지듯 엎드렸다.

"당신 미쳤어!"

창문을 열고 고개를 내민 사람은 원장이 아니라 사무장이었다. 뒷좌석에 탔나 싶어 살펴보았지만, 원장은 보이지 않았다.

"원장 나오라고 해!"

나는 자동차 보닛을 미친 듯이 두드렸다. 아무도 내 말에 귀 기울이지 않는다는 것을 알면서도 악을 쓰며 목이 터져라 소리를 질러댔다. 내 목소리는 바람과 함께 허공 속으로 흩어졌다.

"안 비켜. 죽으려고 환장했나."

사무장이 경적을 울리자 지하 주차장에 있던 주차 요원이 달려 나왔다. 체격이 다부진 주차 요원이 나를 거칠게 몰아붙였다. 나는 힘없이 나자빠졌다. 넘어지면서 피켓이 목울대를 짓눌렀다. 캑캑거리며 기침을 하는 사이 검은 자동차는 나를 비웃기라도 하듯 지하 주차장으로 미끄러져 들어갔다. 현관 입구에 있는 배너 거치대를 발로 차 넘어뜨렸다. 지하 계단에서 올라오던 사무장이 나를 보고 소리쳤다.

"당신 이건 엄연한 기물 파손죄야."

"기물 파손죄? 원장의 죄는?"

창문으로 고개를 내민 사무장이 침을 캭 뱉었다. 장례식장에 찾아와 근조화환을 가장 비싼 것으로 보냈다며 생색을 내던 인간이었다. 나는 화환을 장식한 꽃을 사무장 입속으로 쑤셔 박고 싶었다. 사무장은 합의금으로 1500만 원을 제시했다. 두 사람의 목숨값이 고작 1500만 원이었다. 산부인과 병원에서 의료 사고로 죽으면 산모는 천만 원, 아기는 5백만 원이라는 말에 나는 할 말을 잃었다.

내가 안으로 들어가려고 하자 사무장과 주차 요원이 현관 입구를 막아섰다. 원장이 요새 같은 건물로 숨어버린 뒤부터 얼굴을 볼 수가 없었다. 병원의 정문뿐만 아니라 지하 주차장에서 올라가는 통로까지 막혔다. 원장을 만날 수 있는 길은 더욱더 멀기만 했다. 병원 요주의 인물이 된 나는 두 번이나 업무방해로 고소당했다. 원장은 자신의 과실을 끝까지 인정하지 않았다. 갑자기 산모에게 양수 색전증이 찾아오면 천하의 히포크라테스도 손쓸 방법이 없다는 말만 되풀이했다.

나는 1층 커피 전문점 간판을 올려다보았다. 엠블럼 속 아기 천사는 장난꾸러기 같은 표정으로 두 팔로 턱을 괴고 말똥말똥한 눈으로 나를 내려다보고 있었다. 매일같이 아기천사를 보지만 어디에도 내가 찾는 천사는 없었다. 카페 문이 열리고 영업 준비하던 아르바이트생이 나를 힐끔거렸다. 영업 방해를 하는 것 같아 미안했다. 거친 자갈길을 맨발로 걷고 있는 나를, 그들도 조금 이해해 주리라는 생각으로 피켓을 높이 치켜들었다.

바쁘게 걸음을 옮기던 사람들은 남의 슬픔 따위엔 관심이 없는 듯 무표정한 얼굴로 지나쳤다. 그중 몇몇은 걸음을 멈추고 피켓에 적힌 내용을 훑어보거나 이 층 산부인과를 올려다보기도 했다. 저만치 걸어오는 산모가 눈에 띄었다. 펭귄처럼 뒤뚱뒤뚱 걸어오는 모습이 위태로웠다. 아내를 보는 듯해 한달음에 달려가 부축이라도 해주고 싶었다. 느릿느릿 다가온 산모가 이 층 산부인과를 올려다보며 내게 말을 걸었다.

"정말, 이 병원에 그랬단 말이에요?"

내가 고개를 끄덕이자 산모의 표정이 어두워졌다. 예정일이 얼마 안 남았는데 어떡하냐고, 무서워서 이 병원에서 출산하겠냐며 울먹였다. 대학 병원을 알아봐야겠다고 말하며 돌아서던 산모가 다시 내게로 왔다. 가방을 뒤적이던 산모는 딸기 우유 한 팩을 건네주며 말했다. 입덧이 심할 때 다른 건 못 먹어도 딸기 우유는 먹히더라고 했다.

"이거라도 드시고 힘내세요."

나는 딸기 우유를 보는 순간 눈시울이 붉어졌다. 아내도 산모처럼 흰 우유는 비릿한 냄새가 나 못 마시면서도 이상하게 딸기 우유만은 괜찮다며 자주 찾았다. 딸기 우유를 받아든 나는 그동안 꾹꾹 눌러 담아 왔던 눈물이 터지고 말았다. 사거리 대로변에서, 어린아이처럼 딸기 우유를 손에 든 채 주책없이 눈물을 흘리는 나를 보며 산모도 눈물을 글썽였다. 내가 감정을 진정하지 못하고 계속 훌쩍거리자 그녀는 내 어깨를 조심스럽게 다독여주었다. 그녀가 파이팅을 외치며 돌아간 뒤에서야 나는 딸기 우유를 한 모금 마셨다. 목에 두른 피켓에 우유 몇 방울이 떨어졌다. 빨간 매직펜으로 글씨로 적힌 살인자, 라는 글자가 우유에 젖어 붉게 번졌다.

"아저씨. 커피 한잔하세요."

카페 문이 열리고 아르바이트생이 나를 불렀다. 카페에 천사가 사는 것이 분명했다. 며칠 전에도 커피를 얻어 마셨다. 비싼 커피를 염치없이 넙죽넙죽 받아먹는 것이 미안해 손사래를 치는데도 아르바이트생이 괜찮다며 재촉했다.

"점장님이 드리라고 했어요."

나는 얼굴을 모르는 점장이 선의를 베풀 때마다 어떤 사람인지 궁금했다. 점장의 어깨에도 아기천사처럼 커다란 날개가 달려 있지 않을까.

"뭐 드실래요?"

내가 아무거나 좋다고 하자 아르바이트생이 아무거나는 메뉴에 없다며 귀여운 눈웃음을 지었다.

"따뜻한 카페라테 어떠세요?"

커피는 그녀의 마음만큼이나 따뜻했다. 컵을 들려고 보

니 목에 건 피켓이 거추장스러웠다. 그걸 눈치챈 아르바이트생이 피켓을 잠시 내려놓고 천천히 마시라고 권했다. 내가 밖이 훤히 보이는 창가로 가려 했지만, 그곳은 사람들이 드나들어 시끄럽다며 다른 자리로 안내했다. 화장실 통로에 있는 구석 자리였다. 아르바이트생 말대로 조용했다. 내가 점장에게 인사라도 하고 싶다고 하자 아직 출근 전이라며 조금 전에 전화를 받았다고 했다. 점장이 어떤 사람인지 점점 더 궁금해졌다.

병원은 성벽처럼 높고 단단했다. 퇴근 시간까지 기다렸지만 끝내 원장을 만나지 못했다. 허탈한 마음을 안고 집으로 돌아오던 나는 서점에 들렀다. 오랫동안 비워두었던 서점은 여전히 익숙한 냄새가 나를 반겼다. 중고등학생의 참고서나 문제집이 주를 이루는 동네 작은 서점. 나는 책 한권을 꺼내 휘리릭 넘겼다. 그리고 깊은숨을 들이마셨다. 내겐 그 어떤 향보다도 감미로운 냄새였다. 어려서부터 책을 잡으면 냄새부터 맡는 이상한 버릇이 있었다. 교과서나 영어사전 백과사전 소설책 신문 등 종이로 된 것이라면 가리지 않고 냄새부터 맡았다. 나만의 특이한 습관인 줄 알았다. 새마을금고에서 근무했던 아내가 점심시간을 이용해 서점에 들렀다가 누가 볼세라 책을 한 권 뽑아 냄새부터 맡는 장면을 본 적이 있었다. 나와 눈이 맞추진 아내가 반달

눈으로 수줍게 웃으며 얼른 책을 내려놓았다. 결혼하고 입 덧이 심할 때도 아내는 종종 서점에 들러 책 냄새를 맡곤 했다. 그날도 서점에 들렀다 집으로 가는 길이었다. 기운이 있어야 아기를 쉽게 낳는다며 고기를 구워 먹자고 했다.

"지금?"

진통이 시작되면 곧바로 병원으로 달려가야 하는데 삼겹 살을 구워 먹자는 아내의 말에 나는 당황스러웠다. 아내는 아직 가진통라 진짜 진통이 오려면 한참 걸린다며 여러 번 아이를 낳아본 사람처럼 말했다. 먼저 출산을 경험한 친구 로부터 지옥으로 끌려가는 기분이었다는 말에 자신은 우아 하게 끌려가고 싶다는 말도 덧붙였다.

나는 아내가 편하게 먹도록 거실 한복판에 불판을 펼쳤 다. 아내는 자신이 고기를 굽게 다며 불판 앞에 앉았다. 얼 마나 고기가 먹고 싶으면 저럴까 싶어 서둘러 준비했다. 삼 겹살을 구워 집어 먹던 아내는 통증이 오는지 배를 잡고 거 친 숨을 몰아쉬었다. 그 와중에도 고기를 씹는 아내를 보자 웃음이 나왔다. 진통이 10분 간격으로 일정해졌다. 병원으 로 향하는 차 안에서도 아내는 고기를 다 먹지 못했다며 아 쉬워했다. 분만실에 도착한 아내는 손을 흔들며 말했다. 걱 정하지 마, 잘하고 올게, 하지만 잘하고 오겠다던 아내는 돌아오지 못했다. 아기도 마찬가지였다. 세상에 빛을 본지 겨우 한 시간 만이었다.

나는 두꺼운 외투에 털모자를 눌러 쓰고 다시 망부석처럼 서 있었다. 내 몸은 추위에 굳어져 갔다. 나는 발을 동동거리며 얼어붙은 몸을 조금이라도 녹여보려고 애썼다. 그때 검은 선글라스를 쓴 남자가 납작한 서류가방을 들고 성큼성큼 내 앞으로 다가왔다. 나는 형사가 아닌가 싶어 긴장했다. 남자가 꾸벅 인사를 하며 불쑥 손을 내밀었다. 계란으로 바위 치기 카페장입니다. 나는 얼떨결에 남자의 손을 잡았다. 이끼가 낀 듯 두툼하고 축축한 손이었다. 그는 오랫동안 나를 지켜봤다며 이런 일은 혼자 힘으로 불가능하다고 했다. 자신이 운영하는 카페 회원 수가 천 명이 넘는다며 자랑도 잊지 않았다. 대부분 가족이나 가까운 지인이 불의의 사고로 떠났거나, 불의를 보면 참지 못하는 정의로운 사람들의 모임이라고 했다.

"계란으로 바위를 치다 보면 언젠가 깨지지 않겠어요."

남자는 자신이 깨트린 바위에 대해 떠벌렸다. 나도 처음 소송을 준비하며 남자처럼 말했었다. 계란으로 바위를 치다 보면 언젠가 깨지지 않겠느냐고. 그렇게라도 하지 않으면 억울하게 죽은 아내와 아이를 볼 면목이 없었다. 주변의 염려대로 보기 좋게 패소했다. 의사의 과실이라고 입증하기 어렵다고 했다. 진료기록을 요구할 때마다 원장의 과실은 조금씩 줄어들더니 이제는 어쩔 수 없는 일처럼 되어버렸다.

"뭘 도와주겠다는 겁니까?"

나는 그동안 친절을 베풀며 다가온 사람들이 떠올라 차갑게 말했다. 대부분 남의 슬픔을 이용해 자신의 밥그릇을 챙기려는 사람들뿐이었다. 나는 그 뒤로 누구도 믿지 않았다.

"힘을 합쳐야죠. 이런다고 원장이 눈 하나 깜빡할 것 같습니까. 우리 카페 성실멤버 파워가 대단합니다."

카페장은 계속 코를 훌쩍거렸다. 내가 빤히 쳐다보자 비염이 심해서 그렇다며 멋쩍게 웃었다. 나는 반신반의하며 물었다.

"아무 대가 없이 도와준다고요?"

"점심값 정도면 충분합니다. 우리도 밥은 먹고 싸워야죠."

점심도 점심 나름이지 않겠냐고 하자 카페장은 짜장면 한 그릇이면 충분하다고 했다. 주머니에서 꼬깃꼬깃 접은 휴지를 꺼내 코를 푸는가 싶더니 대신 합의를 보면 십 퍼센트만 주면 된다고 말했다. 코 푼 휴지를 다시 주머니에 넣는 모습을 보며 아무리 봐도 믿음이 가지 않았다.

"원장을 만날 수도 없는데 무슨 수로 합의를 봅니까."

"그건 걱정하지 마십시오. 우린 그쪽으로 전문가니까요. 이런 일은 쪽수가 중요합니다. 혼자 아무리 떠들어도 병원에선 눈 하나 깜빡하지 않거든요. 적어도 수십 명은 돼야 간에 기별이 가죠."

"수십 명요? 그 많은 사람을 어디서 모읍니까."

"그건 걱정 안 하셔도 됩니다. 카페에 공지를 올리면 오십 명은 거뜬히 모입니다. 다들 성실한 멤버들이니까요."

나는 남자를 의아한 눈길로 바라보았다. 어디까지 진짜인지 믿을 수가 없었다. 할 일 없는 사람들끼리 모여 노닥거리는 인터넷 카페장이, 전문 변호사도 패소한 마당에 무슨 수로 도와준단 말인가.

"법으로 싸워서 통할 때도 있지만 그렇지 않은 경우도 있거든요. 야매전문가라고나 할까. 그렇다고 법을 어기면서까지 싸우지 않습니다. 철저히 법의 테두리 안에서 일하니까 안심해도 됩니다."

내 눈에는 아무리 봐도 전문가처럼 보이지는 않았다.

"합의에 실패하면요?"

"그럼, 그대로 게임 끝인 거죠."

"합의금을 못 받았는데요?"

"할 수 없죠. 그럼, 또 하나의 경험치를 적립했다고 생각하면 되는 거니까."

십 퍼센트면 나쁘지 않은 조건이었다. 카페장도 이 정도면 손해 보는 조건이 아니라며 나를 설득했다. 귀가 솔깃해졌다. 카페장이 다음날에도 찾아왔다. 손해 보는 일은 절대

없을 거라며 장담했다.

"정말 합의금에 십 프로만 주면 됩니까?"

나는 지푸라기라도 잡는 심정으로 물었다. 카페장은 굳은 의지가 담긴 목소리로 말했다.

"양심적인 조건 아닙니까."

카페장은 내게 아무것도 준비할 것 없다며 몸만 오라 했다. 다음날 그는 피켓과 현수막을 준비해 왔다. 약속 시각이 되자 회원들이 속속 모여들었다. 오십 명은 거뜬히 모일 거라는 말과는 달리 스무 명이 채 되지 않았다. 대부분 여자였다. 왜 약속이 다르냐고 하자 카페장은 어깨를 으쓱했다. 곧 크리스마스잖아요. 크리스마스는 보름이나 남아 있었다.

카페장은 멀리서도 피켓이나 현수막이 잘 보일 수 있도록 자리를 배치했다. 회원들에게 소란을 피우거나 어떤 불법적인 행동을 해서는 안 된다며 신신당부했다. 그가 준비해온 것들을 보자 헛웃음이 나왔다. 피켓이나 현수막에 적힌 문구는 시위하러 온 것이 아니라 백일장 대회에 참가하러 온 것이 아닐까 싶을 만큼 문구가 수려하고 부드러웠다. 어디에도 구속해라, 살인마 같은 말은 찾아볼 수 없었다.

'아내와 아기가 의사의 부주의로 목숨을 잃었습니다. 열 달 동안 행복하던 나의 아내를 돌려주십시오. 한 가정의 행복을 송두리째 빼앗아간 P병원은 책임지십시오!' 글은 정중하고 예의 발랐다. 좀 더 강하게 어필해야지 않겠냐고 하자 카페장은 그건 하수들이나 하는 짓이라고 했다. 안 그래도 꼬투리를 잡으려고 혈안이 되어 있는 사람들에게 먹잇감을 던져주는 꼴이라고 했다. 저쪽에서 명예훼손이나 업무방해로 고소하면 골치 아프다는 말도 덧붙였다. 결정적일 때, 치고 들어가는 것이 자신의 스타일이라고 강조했다.

"우린 법의 테두리 안에서 말하고 행동합니다."

그들이 외치는 구호는 고작 책임져라, 아기를 살려내라, 가 전부였다. 카페장이 선창을 하자 회원들이 따라서 구호를 외쳤다. 지나가던 젊은 사람들이 휴대전화로 동영상 촬영하거나 사진을 찍기도 했다. 나는 사람들이 카메라를 들이대자 고개를 돌렸다. 나를 본 카페장이 얼굴이 잘 보일 수 있도록 고개를 똑바로 들라고 주문했다. 그들이 유튜브 사이트나 SNS에 사진을 올리면 공짜로 홍보를 해주는 것과 마찬가지라며 우리가 며칠 시위하는 것보다 훨씬 파급 효과가 크다고 했다. 나는 카페장의 주문에 따라 최대한 얼굴이 많이 노출을 시키고 휴대전화 카메라를 향해 고개를 치켜들었다.

하루 네 시간씩 하기로 한 시위는 금방 끝이 났다. 시위가 끝나고 대부분 회원은 돌아가고 몇몇만 남았다. 나는 짜장면을 주문했다. 그들은 소풍 나온 사람들처럼 길바닥에 앉아 짜장면을 먹었다. 나는 추운 날씨에 고생하는 그들에게 커피를 샀다. 내가 카페라테 다섯 잔을 주문하자 아르바이트생이 놀란 눈으로 쳐보왔다. 빙 둘러앉아 짜장면을 먹던 회원들은 내가 오는지도 모르고 수다를 떨었다.

"이 짓도 못 해 먹겠어. 일당이 너무 짜. 더 올려달라고 해야지."

카페장이 한 말과 달랐지만 난 그들이 성실 멤버든 일당을 받고 일하든 상관없었다. 추운 날씨에 이곳까지 와서 시위에 동참해준 것만으로도 고마웠다.

다음날 병원 앞 인도에는 배너 거치대와 입간판이 줄줄이 늘어서 있었다. 거치대와 입간판이 자리를 다 차지해버려 우리가 설 자리가 없었다. 내가 병원의 꼼수에 화를 내자 카페장이 별일 아니라는 듯 말했다.

"이 정돈 애교로 봐줍시다. 행패를 부린 것도 아니잖아요."

"이게 행패가 아니면 뭡니까. 여기밖에 자리가 없는데."

나는 자기 일이 아니라고 대수롭지 않게 말하는 카페장이 못마땅했다.

"자리가 없으면 만들면 되죠."

주위를 둘러보던 카페장도 답답한지 한숨을 내쉬었다. 회원들에게 한 사람씩 거치대와 입간판 사이에 서보라고 했다. 어제보다 참가인원이 줄어들어 열 명도 채 되지 않았다. 카페장이 시키는 대로 회원들은 한 사람씩 피켓을 들고 거치대와 입간판 사이에 섰다. 조금 여유가 있는 곳은 두 사람이 서기도 했다. 마네킹처럼 서 있던 그들은 자리가 비좁다며 투덜거렸다.

"자, 자. 힘을 냅시다. 이럴수록 더 힘을 내야 해요."

카페장이 회원들을 독려했다. 절대로 기물을 파손시키거나 과격한 행동을 하면 안 된다고 재차 강조했다. 현수막은 자리가 협소해 펼치지도 못했다. 카페장이 선창을 하자 회원들이 구호를 외쳤다. 책임져라, 산모와 아기를 살려내라. 한 십 분쯤 지났을까, 건물 안에서 서너 명의 건장한 남자들이 튀어나왔다. 지하주차장에서 근무하는 주차요원의 모습도 보였다. 그들은 회원들이 들고 있는 피켓을 빼앗기 시작했다. 서로 뒤엉켜 몸싸움이 벌어졌다. 나는 그들을 향해 몸을 날렸다. 이번엔 주차요원이 거치대에 발이 걸려 넘어졌다. 나도 휘청거리며 계단 앞에 나뒹굴었다.

"제1장!"

카페장이 다급하게 외쳤다. 회원들이 차가운 바닥에 드러눕기 시작했다. 갑작스러운 행동에 당황한 남자들이 멈칫거렸다. 뒤에서 지켜보고 있던 사무장이 빨리 안 끌어내고 뭐 하냐며 소리쳤다. 차가운 바닥에 드러누운 회원들은 팔짱을 낀 채 서로를 결박했다. 그들은 톱니바퀴처럼 견고하게 맞물렸다. 남자들이 진땀을 빼며 떼어내려고 했지만 견고하게 맞물린 여자들을 떼어내기란 쉽지 않았다. 그때 한 회원의 코트 단추가 우두둑 뜯어지고 속에 입은 블라우스 단추마저 터졌다. 속옷이 드러났다. 여자가 어딜 만지냐며 소리치자 남자가 쩔쩔매며 한발 물러섰다. 끝내 결박을 풀지 못하자 지켜보고 있던 사무장이 욕을 퍼부었다.

"병신들, 여자도 감당 못 해!"

사무장의 호통에 무춤거리며 남자들이 안으로 들어갔다. 회원들의 얼굴과 손등에 멍이 들고 피가 났다. 내가 약국에 가서 연고라도 사 오려고 하자 카페장이 만류했다.

"오 노, 없던 상처도 만들어 빨간 약이라도 발라야 할 판에 잘됐네요."

나는 이렇게 하는 것이 맞나 의구심이 들기 시작했다. 그럴 때마다 확신에 찬 카페장의 말에 설득당하고 말았다. 아무 소득도 없이 하루가 또 지나갔다.

집으로 들어온 나는 푸른 방으로 건너갔다. 어린 왕자가 우주선을 타고 하늘로 올라가는 벽지가 발린 방은 아내가 태어날 아들을 위해 꾸며 놓은 방이었다. 목에 두른 황금빛 머플러가 바람에 날리는 천진난만한 어린 왕자를 보자 더욱더 아내와 아기 생각이 간절했다. 나는 아기침대에 웅크리고 누웠다. 천장에 달아놓은 모빌이 천천히 움직였다. 아내가 펠트로 만든 다섯 명의 아기천사들이었다. 도안에 따라 색색의 몸통을 오리고 머리카락을 붙였다. 여러 가지 표정을 그려 넣어 박음질하고 등에는 귀여운 천사 날개를 달았다. 거꾸로 매달린 다섯 명의 천사들과 눈을 맞추며 나는 모빌에서 흘러나온 음을 따라 흥얼거렸다.

다음날 거치대와 입간판으로도 부족했는지 폐가구가 인도를 점령했다. 병원 앞은 고물상을 방불케 했다. 행인들이 눈살을 찌푸렸다. 카페장은 통행에 방해가 되지 않도록 자리를 배치했다. 남자들이 멀찍이 떨어져서 지켜보았다. 그들은 회원들이 방심한 사이 공격할 기회를 엿보는 하이에나처럼 보였다. 카페장이 부서지고 찢어진 피켓을 수선해 가지고 왔다. 여기저기 테이프가 붙어져 글자가 잘 보이지 않았다. 아무래도 피켓으로는 부족했는지 아내의 영정사진을 가지고 오라고 했다.

오랜만에 아내 사진을 들여다봤다. 정신없이 장례를 치르고 소송을 준비하느라 사진을 들여다볼 틈조차 없었다. 영정 사진에 검을 띠를 두르자 웃음 띤 아내의 얼굴이 슬퍼 보였다. 카페장은 회원들에게도 검은 상복을 나눠주었다. 여자들은 치마저고리를 입었고 나는 두루마기를 걸쳤다. 사람들은 길에서 벌어지는 진기한 풍경에 발길을 멈추었다. 병원이나 카페에 출입하는 사람들의 발길도 뜸했다. 카페장이 곧 입질이 올 때가 됐다며 조금만 더 기다려보자고 했다. 그의 말대로 사흘째 되는 날, 사무장이 씩씩거리며 나타났다. 회원들이 야유를 퍼붓자 삿대질을 하며 위협했다.

"초상났어? 누구 망하는 꼴 보고 싶어?"

사무장이 나를 한 대 칠 듯 달려들었다. 내가 목에 걸려 있던 피켓을 집어던지며 싸우려고 하자 카페장이 말렸다. 다 된 밥에 재 뿌릴 셈이냐며 흥분한 나를 제지시켰다.

"우리가 왜 이러는지 잘 아실 거 아닙니까."

"당신 누구야. 누군데 남의 일에 끼어들어?"

"처남입니다. 매형이 혼자 싸우는 걸 두고 볼 수 없어서 왔습니다."

사무장이 의심에 찬 눈초리로 훑어보자 카페장이 갑자기 춥다 추워, 하면서 제자리 뛰기를 시작했다. 나는 낭패스러운 표정으로 촐싹거리는 카페장을 바라보았다.

"뛰니까 좀 낫네요. 모름지기 대화란 마주 앉아서 얼굴을 보며 하는 게 아닐까요. 어때요. 우리 마주 앉아 대화해봅시다."

"무슨 대화요?"

사무장이 퉁명스럽게 말했다.

"서로의 마음을 알아 가는 거죠."

"이 사람들이 정말. 그동안 수없이 말했는데 저 양반이 못 알아듣는데 무슨 대화를 해."

카페장이 흥분한 사무장을 이끌고 카페로 향했다. 마지못해 따라온 사무장은 냉수를 벌컥 들이켜며 법도 잘못 없다고 인정했는데, 왜 난리냐며 큰 소리로 말했다.

"법 좋죠. 다시 한번 싸우면 불리할 텐데 그래도 괜찮으시겠어요? 멀쩡한 마누라와 자식이 죽었는데 매형이 무슨 정신이 있겠어요."

카페장이 가방에서 서류 뭉치를 꺼내며 이게 뭔지 아느냐고 물었다. 의자에 등을 기댄 채로 멀찍이 떨어져 있던 사무장이 관심을 보이자 카페장이 천천히 서류를 펼쳐놓았다.

"원장이 빼돌린 이진경 산모 진료기록입니다. 일 못 한다고 닭대가리라고 놀렸던 김 간호사 아시죠? 그 간호사 보기보다 똑똑하던데요."

기세등등하던 사무장의 얼굴이 굳어졌다. 알 수 없는 영어로 휘갈겨 쓴 진료기록에는 119에 신고할 때 이미 호흡이 거의 없었다고 쓰여 있었다.

"이래도 발뺌하실 겁니까?"

카페장이 왜 그렇게 자신만만했는지 그제야 알 수 있었다. 자신은 싸워서 이길 게임이 아니면 시작도 하지 않는다는 말이 거짓말이 아니었다. 119가 도착했을 때 의식이 또렷했다는 원장의 말은 거짓말이었다. 나는 사무장을 노려보았다. 사무장은 팔짱을 끼고 두 눈을 질끈 감았다.

"그래서 얼마를 원해요?"

"사람이 잘못했으면 사과부터 하는 게 순서 아닙니까? 사과부터 하세요."

나는 뻔뻔하게 나오는 사무장을 보며 주먹을 불끈 쥐었다. 원장의 사과가 먼저라고 말하자 사무장이 마지못해 전화 연결을 해주었다. 원장의 목소리가 카페에 쩌렁쩌렁 울렸다.

"사과하십시오."

"손쓸 방법이 없었는데 무슨 사과야. 당신이 의사라면 이런 일 없을 줄 알아?"

원장은 끝까지 당당했다.

"사과하십시오."

나의 단호한 어투에 카페장이 내 무릎을 지그시 눌렀다. 배 째라는 식으로 나오는 원장은 끝내 사과 한마디 없이 전화를 끊어버렸다. 사무장도 자리에서 일어나며 2천까지는 자신이 어떻게 해볼 테니, 생각해보고 연락 달라고 했다. 허탈했다. 이천 받으려고 지금까지 이 짓을 했나 싶었다. 카페장은 이제 미끼를 물었으니 조금 더 기다려보자고 했다. 진료 원본은 어떻게 구했냐는 물음에 카페장이 의기양양하게 대답했다. 우리 회원들이 누굽니까. 그 간호사도 우리 카페 성실 멤버거든요. 새삼 그가 우러러 보였다.

카페장은 바쁜 일이 있다며 먼저 갔다. 나는 화장실이 급해 다시 카페로 들어갔다. 화장실 옆 창고 쪽에서 전화통화하는 목소리가 들렸다. 몹시 화가 난 여자의 목소리였다.

"언니, 형부는 무슨 일을 그따위로 해서 일을 크게 만든대. 벌써 몇 번째야. 우리가 언제까지 형부 뒤치다꺼리해줘야 해? 별 허접쓰레기에 걸려 이게 무슨 짓이야. 빌어먹을 사과, 웃기고 있어. 어차피 돈 받으면 나가떨어질 거면서. 내가 공짜로 준 커피가 얼만 줄 알아?"

오줌을 참으려고 해도 참을 수가 없었다. 급히 화장실로 들어갔다. 오줌을 누고 나서도 개운하지 않았다. 다시 힘을 주었다. 오줌발이 똑똑 떨어졌다. 화장실에서 나오자 창고 안이 조용했다. 내가 잘못 들었나 싶어 카페를 둘러보았다.

"아까 점장님 오신 거 같은데 인사드리려고요."

"방금 들어가셨어요."

생글생글 눈웃음을 짓던 아르바이트생이 쌀쌀맞게 대꾸했다.

사무장은 2천 더 이상은 줄 수 없다고 버텼다. 지금까지 산모는 천, 아기는 5백으로 정해져 내려왔다며 이천도 많이 주는 거라고 했다. 나는 이제 그만하고 싶었다. 사과 한마디 없이 돈 이천으로 끝내려는 그들을 보자 지금까지 싸워왔던 시간이 허망했다.

"사과 한마디 없는 합의금 필요 없어요."

"힘들게 여기까지 왔는데…… 내가 알아서 할 테니까 나만 믿고 따라오십시오."

"이제 싸우는 것도 너무 지쳤어요. 사과 한마디 하는 게 그렇게 힘들답니까?"

"그러게 말입니다. 내가 사과도 같이 받을 수 있도록 힘써볼게요."

카페장의 위로에도 부질없다는 생각뿐이었다. 고군분투하며 싸운 일들이 정말 아내와 자식을 위한 일인지 혼란스럽기까지 했다. 카페장은 시위를 계속하면 협상에 걸림돌이 될 수 있으니 당분간 중단하고 추이를 지켜보자고 했다. 카페장한테서 일주일 만에 전화가 걸려 왔다. 3천까지 올려놨으니 합의를 보는 것이 어떠냐고 했다. 내가 아직 사과도 못 받았다고 하자 카페장이 한숨을 내쉬었다.

"그 사람들 자신의 잘못 쉽게 인정할 족속들이 아닌 거 잘 아시잖아요. 처음 말했던 것보다 더 준다는 것은 사과의 의미도 포함됐다고 보시면 됩니다."

나는 카페장의 말에 조용히 전화기를 내려놓았다. 아내와 자식의 목숨이 숫자로 환산되어 들어왔다. 나는 그 돈에서 십 프로에 해당하는 삼백만 원을 다시 카페장에게 보냈다. 나는 통장에 찍힌 숫자 0이 아내의 눈에 맺힌 눈물방울 같아 눈물이 핑 돌았다. 잠을 자려고 누웠던 나는 발등을 얼음장 깨듯 주먹으로 팡팡 내리쳤다. 아내가 떠난 뒤 수족냉증이 심해졌다. 발목이 유독 더 시렸다.

오랫동안 닫아 놓은 서점 문을 열었다. 책꽂이에 빽빽하게 꽂힌 책을 둘러보며 나는 책 제목의 앞글자를 따 낱말을 만들었다. 기발, 발자, 무죽, 바보…… 아내와 심심할 때 하던 놀이었다. 괴발개발 아무렇게나 낱말을 갖다 붙였다. 누구 이상한 말을 많이 만들까 내기를 하면 아내가 이길 때가 더 많았다.

오랜만에 서점 문이 열린 걸 보고 자전거 대리점 김 사장이 커피를 타왔다.

"그동안 고생했네. 가게 나갔다며?"

내가 커피를 마시며 고개를 끄덕이자 김 사장은 자신도 요즘 죽겠다며 앓는 소리를 했다.

"이 골목을 한번 봐. 한 집 건너 부동산이야. 여기도 또 부동산이 들어오겠구만. 합의금 많이 받았다며?"

"누가 그래요?"

"저기, 뻥이 그러대."

김 사장이 말을 더듬었다. 사람들은 뻥튀기와 얼음 장사를 하는 박 사장을 뻥이라고 불렀다. 그는 뻥튀기를 만들면서 남의 말도 뻥튀기하는 모양이었다. 나는 누구에게도 합의금을 얼마 받았다는 말을 하지 않았다. 카페장 아니면 사무장이었다. 나는 카페장에게 전화를 걸었다. 다른 사람이 받았다. 계란으로 바위 치기, 카페장 전화가 아니냐고 재차 묻자 남자는 계란으로 바위 치면 깨져서 못 먹어요, 하면서 전화를 끊어 버렸다.

나는 다시 사무장에게 전화를 걸었다. 따지고 보면 사무장 잘못은 없었다. 그동안 본의 아니게 피해를 준 것 같아 미안한 마음이 들었다. 사무장은 전화를 받자마자 아직도 볼일이 남았느냐며 짜증을 냈다. 나는 그동안 미안했다는 말과 함께 돈을 얼마 보냈는지 다시 확인했다. 사무장은 격양된 목소리로 당신이 부모님 위독하다고 처남한테 위임장 써서 보내지 않았느냐고, 6천 받아 갔으면 됐지 왜 또 전화질이냐며 목청을 높였다. 사무장 생활 15년 하면서 그렇게 지독한 사람은 처음 봤다며 욕을 퍼부었다.

두툼한 털옷을 입은 목련이 꽃샘추위에도 꽃잎을 틔웠다. 부동산에 들러 가게 전세 계약금 잔금을 받고 나오는 길에 성형외과 병원 앞에서 1인 시위를 하는 여자가 보였다. 여자는 선글라스와 마스크로 얼굴을 가리고 피켓을 들고 서 있었다. 성형 수술 부작용으로 눈이 감기지 않는다는 내용이었다. 남의 일 같지 않아 한참을 지켜보았다. 그때 검은 선글라스를 끼고 서류 가방을 든 호리호리한 남자가 여자 앞으로 다가갔다. 낯익은 모습이었다. 남자는 명함을 꺼내 여자에게 건네며 연신 코를 훌쩍거렸다. 코를 푼 휴지를 주머니에 다시 넣었다. 여자는 명함을 받아 들고 남자를 물끄러미 바라보더니 피켓을 챙겨 자리를 떴다. 당황한 남자가 여자를 따라가며 무슨 말인가를 계속 떠들었다. 여자가 서 있던 자리에는 남자가 건넨 명함이 바닥에 떨어져 있었다. 나는 명함을 집어 들었다. '당신의 수호천사가 돼 드리겠습니다.' 커다란 글귀가 적힌 명함에는 작은 글씨로 전화번호와 이름이 적혀 있었다. 내가 알던 전화번호나 이름이 아니었다.

신호등이 녹색불로 바뀌었다. 녹색 신호가 깜빡거렸다. 명함을 꼭 쥐고 남자가 사라진 골목을 바라보던 나는 뒤늦게 횡단보도를 건너기 시작했다. 횡단보도 앞 휴대폰 가게가 있던 자리에 새로 간판이 올라가고 있었다. 물구나무를 서듯 거꾸로 매달린 아기 천사가 나를 향해 장난꾸러기처럼 웃었다.

서랍 속 비밀의 심연

안지영(문학평론가)

1

　"사람이 비밀이 없다는 것은 재산이 없는 것처럼 가난하고 허전한 일이다." 알려진 것처럼 이것은 이상의 소설 「실화(失花)」의 첫 문장이다. 작품에서 '나'는 죽음까지 약속할 정도로 사랑했던 '연이'의 비밀, 그러니까 연이가 불륜을 저지르고 있다는 사실을 알고 죽음 충동을 느낀다. 비밀이 더 이상 비밀이 아니게 되었을 때 '나'가 느꼈을 쓸쓸한 절망감이 이 한 문장에 압축되어 있다. 연이를 사랑하지만 그녀의 비밀을 모른 척할 수는 없는, 아니 사랑을 하기에 그 비밀이 더욱 자신을 찌르는 이 황막한 감옥에서 '나'가 할 수 있는 일이란 뒤늦은 탄식일 뿐이다. 김근하의 이번 소설집에 실린 일곱 편의 소설에서 인물들이 처해 있는 곤경 역시 이 사실에 대한 깨달음에서 기인하는 것으로 보인다. 가깝다고 여겼던 타자가 감추고 있었던 비밀을 알아 나가는 과정에서 이들은 그들의 존재 기반을 흔들어 놓을 심연을 마주한다. 차라리 몰랐으면 좋았을 비밀이 커다란 아가리를 벌린 괴물이 되어 이들의 위태로운 삶을 단숨에 삼켜버릴 듯하다.

하지만 이 돌이킬 수 없는 결과를 초래한 것은 누구인가. 타자와의 관계에 대한 책임에서 자신이 자유롭지 않다는 성찰은 김근하의 소설에 무거운 심연을 드리운다. 이 심연을 건너기 위해 우리가 타자를 완전히 이해한다는 것은 불가능하다는 점을 우선 받아들여야 할지 모른다. 다만 이것이 타자에 대해 이해하려는 노력을 포기해야 한다는 의미는 결코 아니다. 오히려 김근하는 우리가 그러한 노력을 게을리했을 때 어떻게 서로에게 끔찍한 존재가 될 수 있는지를 경고하는 듯하다. 먼저 「서랍 속 물고기」부터 보자. 소설은 풍선몰리라는 물고기의 출산 장면으로 시작된다. 주인공 채은은 풍선몰리를 키우려고 수족관에 다녀오는 길에 운명처럼 무흔을 만났다. 하지만 그들의 관계는 동화 속 결말처럼 순탄하게 마무리되지 않는다. 무흔에게는 채은에게 숨겨둔 비밀이 있었고 채은은 무흔이 죽고 나서야 그 사실을 발견하게 된다. 둘 사이를 어긋나게 된 결정적 계기가 무엇일까. 무흔이 자기 연구에만 몰두하고 싶다며 대학원을 그만둔 것이 원인이 되었을까. 계획대로 연구가 진행되지 않는 상황이 이 둘의 사이를 점점 벌려 놓았을까. 아니면 무흔에게 자기의 미래를 걸었던 채은의 욕심이 문제였을까. 어쩌면 결정적 원인은 무흔도, 채은도 어쩌지 못한 실존적 외로움이었을지 모른다.

"왜 거기 있어?"

이사한 날이라는 걸 깜빡했다고 했다. 지금 놀이터에 앉아 캔맥주를 마시고 있다며 곧 들어갈 거라고 했다.

"우리가 살던 집 창문에만 도화지를 붙여 놓은 것 같이 까매."

"당연한 거 아냐. 새로 이사 올 사람이 안 들어왔잖아."

"그런가."

그는 취기가 묻어나는 목소리로, 여기 살 때도 늘 우리 집만 늦게까지 불이 꺼져 있다고 말했다. 그녀는 그가 술에 취해 횡설수설한다고 생각했다. 오피스텔로 이사 오고 나서 며칠 안 되었을 때였다. 밤늦은 시간에 오피스텔 입구에서 그를 만났다. 무흔은 목을 뒤로 꺾고 30층 높이의 오피스텔을 올려다보았다. 뭐하나 싶어 뒤에서 계속 지켜보았다. 손가락 끝으로 오피스텔 층수를 짚으며 올라갔다. 여러 번 실패 끝에 그의 손끝이 멈춘 곳은 22층이었다. 새로 이사 온 집이었다. 인기척을 느낀 그가 뒤를 돌아보았다.

"우리 집만 불이 꺼져 있어."

　집을 이사한 것도 깜빡한 무흔은 채은과의 통화 중에 횡설수설 엉뚱한 말만 늘어 놓는다. "우리가 살던 집 창문에만 도화지를 붙여 놓은 것 같이 까"맣다는 무흔의 오리무중 같은 말은 새로 이사 온 집에 와서도 이어진다. 채은은 이를 자신의 퇴근이 너무 늦은 것을 탓하는 것으로 오해하지만, 무흔의 이 말은 사실 그 무엇도 채워지지 못할 존재의 구멍이 그에게 생겨났음을 암시한다. 더구나 그러한 사실을 알아채기에 채은은 너무 바쁘고 또 지쳐 있다. 둘 사이의 불화가 극심해지던 어느 날 무흔은 심지어 키우던 물고기를 변기에 넣고 물을 내리는 기괴한 행동을 하기에 이른다. 그리고 그 다음날 무흔은 "자폭"에 가까운 난폭한 운전으로 결국 죽음에 이르고 그제야 "없는 존재나 다름없었"던 무흔의 빈자리에 채은은 서서히 무너져 간다. 더구나 생전 무흔의 행적을 추적하는 과정에서 채은은 그가 자기 모르게 다른 여자를 만나고 있었다는 사실을 알게 된다. 채은이 어쩌다 그 여자와 노을까지 보고 집으로 돌아와 다시 풍선몰리 수조 앞에 선 이 소설의 마지막 장면은 채은에게도 이제 채워지지 않는 존재의 구멍이 생겼음을 암시하는 듯하다.

　"아름다운 기형"으로 탄생한 풍선몰리와 달리 근원적 외로움을 메우지 못해 존재의 기형을 갖게 된 인물들의 모습은 쓸쓸하기만 하다. 「서랍 속 물고기」와 유사하게 죽은 아내의 행적을 뒤쫓고 있는 남편의 모습을 그린 「그네」의 경우에도 문제는 외로움이다. 아내가 자신이 사준 스카프를 매고 자살한 후 아파트 내부 광경을 촬영하는 케이블 TV 41번 채널을 내내 보고 있는 남편에게 아내의 죽음은 미스터리로 남아 있다. 그는 아내가 죽고 나서야 그녀가 700여 가지 통증이 나타난다는 병에 걸렸다는 사실을 알게 된다. 아내는 그 사실을 왜 자신에게 알리지도 않고 목숨을 끊어버렸을까. 자신이 그렇게 미덥지 못한 남편이었던가. 풀리지 않는 질문들로 그의 삶은 완전히 마비되고 다른 이들의 일상이 변함없이 이어지고 있다는 사실이 41번 채널을 통해 겨우 확인된다.

그렇게 아내를 떠나보내고 나서야 그는 그녀의 문제가 생각보다 더 깊고 근원적인 데 있었다는 점을 알아차린다. 아내는 자기 잘못으로 엄마가 화상을 입었다는 죄책감을 안고 있었다. 아내의 말에 따르면, 이 사고 이후 엄마는 운영하던 통닭집 문을 열지 못해 매일 밤 술을 마셨고, 심지어 어린 딸을 죽이려고 하기까지 했다. 아내가 피아니스트가 되고 싶다는 꿈을 가지게 된 것이 이 당시 엄마에게 목을 졸릴 때 열린 창문으로 피아노 소리가 들렸다는 사실 때문이라는 점은 비극을 극대화한다. 마치 피아노를 치고만 있으면 끔찍한 기억이 더 이상 사라지기라도 하듯 아내는 피아노에 집착한다. 그러니까 피아노는 아내가 정신적 외상에서 벗어나려는 방편으로 택한 방어 기제의 일부인 것이다. 아내가 죽고 나서 서술자가 "주인을 잃은 피아노는 아내의 시신을 안치한 관 같다"고 말하는 것도 무리가 아니다. 하지만 아내의 상처를 알고 있음에도 서술자는 아내의 마음을 더 깊이 이해하려고 하지 않는다. 피아노만 사주면 아내의 상처가 사라지기라도 하듯 그에 무심하였다.

오히려 아내와 친밀한 관계를 유지한 '옆집 여자'가 아내의 병과 아내가 피아노 연주자와 만나는 것 같다는 뜻밖의 사실을 알려주고 나서야 '나'는 아내에게 자신이 알지 못했던 비밀이 있었다는 사실을 깨닫는다. 그러다 죽기 전에 옆집 여자와 아내가 놀이터에서 맥주를 마시는 CCTV 영상이 남아 있다는 사실을 알고, 이를 찾아서 보던 '나'는 아내가 그네를 타다가 외롭다고 말하는 장면을 보게 된다. 아내가 무슨 말을 하는지도 경비실 직원의 도움으로 겨우 알아낼 정도로 '나'는 아내가 어떤 사람인지에 알지 못한다. 아내가 죽고 나서야 아내라는 존재에 관심을 갖게 되기는 했지만, '나'가 아내에게 닿을 방법은 이제 존재하지 않는다. 아무 소리도 들리지 않는 CCTV 앞에서 아무리 외롭다고 말해 봐야 누구도 대답해 주지 않는 것처럼 말이다.

2

그러니까 세상에는 애써 감추려고 하는 비밀도 있지만, 누군가 알아봐 주길 바라는 비밀도 있다. 김근하의 소설이 감추면서 드러내는 진실은 누구나 외로움에서 자유롭지 않으며, 그렇기 때문에 우리에게는 이야기를 들어줄 누군가가 필요하다는 사실이다. 「심해 아귀」에서 남편을 살해하고 감옥에 갇히게 된 서술자 '나'의 목소리가 외로워 보이는 건 이야기가 모노드라마처럼 재현될 뿐, 그것을 듣는 이의 목소리를 직접 확인할 수 없기 때문일지도 모른다. 「그네」에서 아내와 옆집 여자의 관계가 그러했듯, 서로의 이야기를 들어주는 여성들 간의 긴밀한 관계가 「심해 아귀」에도 나타나지만, 이들이 정말로 서로의 상처를 보듬어 주는 친밀성을 가졌는지는 알 수 없다. 한쪽이 일방적으로 자신의 이야기를 털어놓고 다른 쪽은 듣기만 했다는 식의 관계성이 두 소설에서 되풀이되고 있기 때문이다. 더구나 소설의 마지막 장면에서 서술자가 정신착란 증세를 보이는 것처럼 그려지고 있어 서술자의 말을 어디까지 믿어야 할지 모호한 부분도 있다.

이는 「그네」에서 서술자와 남편이 맺는 관계에서도 반복된다. 의처증이 있던 첫 번째 남편과 이혼 후 만나게 된 두 번째 남편은 경제적으로 무능력한 모습을 보이며 '나'에게 기생해서 살아간다. 남편이 좋아하는 것은 프라모델을 조립하는 것이었는데, 단순히 조립하는 것뿐만 아니라 헬리콥터에 대해 모르는 게 없을 정도로 열광하는 모습을 보인다. 여기서 헬리콥터는 「그네」에서 아내에게 피아노가 그러했듯, 남편의 정신적 외상과 연관되어 있다. 어린 시절 헬리콥터 장난감을 주우려고 차도에 뛰어든 남편을 구하려다 어머니가 돌아가신 뒤 그는 헬리콥터에 대한 집착을 보이게 되었다. 서술자는 이러한 그의 집착이 매년 뒷산에서 일어나는 방화 사건과 관련되는 것이 아닐까 의심을 하고 있는데, 이러한 와중에 그가 엄청난 고가의 헬리콥터 프라모델을 사겠다고 하자 갑자기 "살인 충동"을 느낀다. 이후에는 마트에서 산 아귀를 손질하다가 "기생충" 같은 남편의 모습을 대입하기에 이른다.

물풍선처럼 출렁거리는 아귀를 손질하려니 쉽지가 않았어. 희멀건 배를 드러내놓고 날 잡아 잡슈, 하는 표정으로 올려다보는데 난감했어. 난 흉물스럽게 생긴 아귀를 들여다보며 이곳저곳 뒤적거리기 시작했어. 심해에 사는 수컷 아귀는 암컷의 배에 달라붙어 평생을 살아간다는 말을 어디서 봤거든. 암컷보다 훨씬 작은 수컷은 스스로 먹이를 찾아다닐 필요가 없대. 한마디로 말하면 기생충이지. 평생 암컷의 몸에 착 달라붙어 살아가는 기생충. 암컷의 피부에 효소를 내뿜어 자신의 입을 납땜하듯이 꽉 붙이고 살아간대. 시간이 지나면 입뿐만 아니라 눈과 내장기관이 모두 사라지고 생존에 필요한 아가미와 번식을 위한 정자 주머니만 남기고 피부와 혈관까지 암컷하고 연결해 생명 유지에 필요한 영양분을 암컷에게 공급받는대. 그런 지독한 기생충은 세상에 없을 거야. 그러면서 어찌나 당당한지. 자신은 번식을 위해 아주 중요한 정자를 제공하니까 누릴만한 자격이 충분히 있다는 거지. 꼭 남편을 보는 것 같았어. 그 인간은 세상 편한 자세로 아귀처럼 출렁이는 배를 드러내놓고 소파에 드러누워 있었거든.

이미 몸서리칠 정도로 남편에 대한 혐오감을 느끼던 서술자의 심리를 아귀라는 대상물을 매개로 핍진하게 묘사한 이 부분 이후 어떠한 파국이 이어질지 예상하기란 어렵지 않다. 남자는 헬리콥터처럼 "자신의 몸이 둥실 떠올라 날아가는" 것처럼 살고 싶어 했지만, 가장 가까운 사람에게 "기생충"처럼 기생하는 "심해 아귀"와 같은 괴물이 되었을 뿐이다. 이렇게 불확실하기만 한 타자와의 관계성과 더불어 드러날 듯 드러나지 않는 내면의 진실을 파헤치는 김근하 소설의 문제의식은 「너를 위한 냉장고는 없다」와 「갈매기 호텔」로 이어진다. 두 소설은 모두 비릿한 바다 냄새를 배음으로 깔고 인물들의 심리를 밀도 있게 포착하고 있다. 「너를 위한 냉장고는 없다」

가 회사를 그만둔 후 정신적 허기를 채우기 위해 바다낚시를 시작한 남편을 위태롭게 바라보는 관찰자 아내의 시선을 따라간다면, 「갈매기 호텔」의 경우 자신의 정신적 허기를 채워줄 수 있는 남자와의 이별을 예감하는 주인공의 허허로운 내면의 풍경을 담아낸다. 두 소설을 이어주는 모티프는 허기이다. 아무리 채워도 채워지지 않는 마음을 대면하는 것이 「너를 위한 냉장고는 없다」의 '냉장고'라면, 「갈매기 호텔」은 그 허기를 채워줄 것이라 믿었던 남자와의 이별 이후 이를 극복해 내는 여자의 내적 고투가 그려진다.

이 두 소설에서 주목되는 것은 일상의 불협화음을 날렵하게 포착해내는 작가의 뛰어난 수완이다. 「너를 위한 냉장고는 없다」에서 이는 남편이 회사를 그만두게 된 사유가 된 정 과장의 자살 사건 이후 그의 부인이 시도 때도 없이 보내는 문자로 그려진다.

정 과장이 죽고 나서 여자가 보낸 첫 문자는 '마오리소포라를 아세요?'였다. 듣도 보도 못한 이름이었다. 뉴질랜드 원주민 이름을 딴 화초라고 했다. 정 과장은 마오리족 전사같이 강한 생명력을 가진 화초를 아꼈다고 했다. 누구보다 강한 줄 알았던 사람이 한순간 무너지더라며 옆에서 속수무책으로 지켜볼 수밖에 없는 심정을 사모님은 아느냐고 되물었다. '맨발로

얼음 위를 걷는 고통이었어요.' 내 발바닥에서도 차가운 냉기
가 느껴졌다. 젊은 나이에 남편도 없이 장애아를 키우는 여자
에게 마음이 쓰여 내 나름대로 위로해 주었다. 그러나 여자는
내가 보낸 문자나 전화에는 어떤 대답도 없이 자신의 할 말만
쏟아냈다. 썩어 문드러진 무화과 사진을 보냈을 때는 마치 내
가 쓰레기통이 된 기분이었다. 가장 참을 수 없었던 건 아들이
변비가 심해 약을 먹어도 듣지 않더라며 손가락으로 똥을 파낸
사진을 찍어 보냈을 때였다. 나는 먹고 있던 빵을 토했다. 미친
거 아냐. 저절로 입에서 욕이 튀어나왔다. 그 뒤로 여자에게서
문자가 와도 답장을 보내지 않았다. 어차피 여자는 내 위로 따
위가 필요하지 않았다. 그런데도 지치지도 않고 끊임없이 문자
를 보냈다.

회사에서 해고 통지를 받은 후 자살을 한 정 과장의 아내는
답답한 마음을 '나'와 남편 민욱에게 화풀이하듯 토로한다. 민
욱 역시 정 과장의 자살 책임을 지라는 회사의 요구에 권고사
직을 당한 상황임에도 문자는 계속된다. 그럼에도 불구하고
민욱이 이 사건에 책임을 느끼는 건 그가 정 과장에게 해고를
통보한 당사자였기 때문이다. 정 과장에게는 엔젤만 증후군이
라는 희귀병을 가진 아이가 있었는데, 이 병은 염색체 이상에
의해 발병하는 유전병으로 언어 발달이 지연되고 정신지체,

걸음걸이 이상, 신체 경련, 발작적 웃음 등의 증세가 나타난
다. 이러한 특징을 가진 환아를 연구한 박사 이름이 '엔젤만'이
어서 엔젤만 증후군이라는 이름이 붙었지만, '엔젤'이라는 단
어에서 '천사'가 떠오르는 것은 어쩔 수 없다. 소설에는 천사처
럼 잘 웃는 아이를 힘겹게 돌봐야 하는 부모의 절박함이 정 과
장과 그의 아내가 취한 행동을 통해 간접적으로 전달된다.

　하지만 민욱이 권고사직을 당한 후에야 정 과장의 입장을
이해하게 된 것과 달리, 서술자인 나는 정 과장의 아내가 처
한 입장을 이해하기 버거운 상황이다. 민욱처럼 죄책감을 느
껴야 하는 처지도 아니기에 정 과장의 아내가 하는 화풀이를
어떻게 받아들여야 할지도 애매하고, 회사를 그만둔 다음부
터 낚시터에 드나들며 뜬구름 잡는 사업 이야기를 꺼내는 민
욱에 대한 불안이 서술자를 초조하게 한다. 이때 나의 불안을
더욱 가중시키는 것이 바로 냉장고다. 나는 자신의 불안과 공
명하듯 소음을 내며 신경을 긁어대는 냉장고를 향해 엉뚱하
게 화풀이를 한다. 결혼 전 "백화점에 진열된 물건처럼 반짝
이던" 자신이 이제 냉장고와 같은 "애물단지"가 되어 버린 것
은 아닌가 하는 불안이 무의식중에 서술자의 마음을 혼란케
한다. 해서 나는 흠뻑 젖은 옷을 입고 흙 묻는 맨발로 소파에
잠든 자신을 무섭게 바라보는 민욱의 시선에 잠에 깨어 이렇
게 생각하기도 한다. "나도 물고기처럼 냉동실에 얼려버리는

건 아닐까."

소설의 마지막 장면에서 주어가 빠진 채 독백 조로 읊조려지는 민욱의 말 "죽었어"는 나의 두려움이 괜한 것이 아닐 수 있다는 사실을 암시한다. 결국 고장 나지 않은 냉장고를 기어이 망가뜨리고야 마는 나의 집착적 불안과 먹지도 않을 물고기를 꾸역꾸역 냉장고에 밀어 넣는 민욱의 공허한 분노를 교차시키던 소설은 틱, 틱, 틱 하는 불길한 소리로 마무리된다. 이렇게 「너를 위한 냉장고는 없다」가 자기 자리를 잃어버렸다고 생각하는 이들의 방황을 그려냈다면, 「갈매기 호텔」은 방황 이후 자기 자리를 다시 찾아가는 주인공의 여정을 다루고 있다는 점에서 조금은 희망적인 작품이다. 바닷가를 배경으로 한 소설인 만큼, 여기에도 물고기와 관련된 비유가 적지 않게 등장하는데, 가령 불안을 감추기 위해 지나치게 많은 말을 내뱉는 남자를 보며 주인공은 오염된 바닷속에서 "쉴 새 없이 입을 벙긋"거리며 "신열을 앓는 물고기"를 보는 것 같다고 생각한다. 주인공과 그녀의 어머니가 운영하는 여관에 손님으로 묵었던 그에게 남몰래 연정을 품고 있다가 그에게 이 사실을 들켜버린 순간은 "그물에 걸린 물고기처럼 팔딱거"리며 몸부림쳤다고 묘사되기도 한다.

애초에 주인공이 남자에게 연정을 품게 된 이유가 '안개'를 매개로 한 것임을 떠올리면, 자연물에 대한 유비가 반복되는 것 역시 예사롭지 않다. 이들의 만남도, 헤어짐도 정해진 운명을 반복할 뿐이라는 자연의 순리를 연상케 하기 때문이다. '나'가 남자와의 이별을 예감하면서도 허둥대지 않을 수 있는 것은 그녀가 이러한 원초적 감각을 지녔기 때문일 테다. 하지만 그런 나조차 막상 남자에게 아무런 연락이 없는 상황이 지속되면서 노후된 집처럼 허물어져 간다. 그렇다면 그런 주인공이 결국 잠가 버렸던 마음의 문을 열게 되는 결정적 이유는 무엇일까. 이에 대한 분명한 이유가 제시되지 않지만, 주인공의 마지막 행위는 일종의 생의 본능에 가까워 보인다. 외로운 안개를 품어 주는 바다처럼 남자를 품어 주었던 주인공은, 다시 "축축하게 젖은 깃털"을 다듬는 갈매기를 위한 휴식처를 만들기로 한다. 그렇게 안개를 몰아내고 신선한 바닷바람을 여관 안으로 들이며 그녀는 이 세계에서 다시 태어난다.

3

　기실 매서운 바닷바람에 지친 갈매기와 같은 존재들에게 쉼터를 제공해 주려는 마음은 작가의 것이기도 하다. 「내 안의 천사」나 「서서 자는 잠」에서와 같이 세상의 온갖 풍파를 맨몸으로 겪어내고 있는 이들의 꿋꿋한 영혼을 그려내고 있는 작품을 읽으면, 작가가 사회적으로 소외된 이들에 대해 보내는 따뜻한 연민의 시선을 확인할 수 있다. 그중에서도 「내 안의 천사」는 의료사고로 아내와 뱃속의 아이를 잃은 아버지인 주인공 문우가 산부인과 병원을 상대로 투쟁하는 내용을 담고 있다. 홀로 외로운 싸움을 이어가던 그에게 도움을 주겠다는 이가 나타나지만, 결국 그가 사기꾼이었다는 사실을 알게 된다는 내용이다. 천사가 그려진 로고의 카페에서 뜻밖의 호의를 만나 마음을 녹였던 문우는 나중에서야 그 역시 음흉한 의도가 있는 호의였다는 사실을 알게 된다. 이렇게 이기적이고 탐욕스러운 '가짜 천사'에게 농락당하고 마는 선한 이들의 조용한 분노를 담담하게 그려낸 작품을 읽고 나면, 어떻게 우리 안의 천사를 다시 소환할 수 있을지 고민하게 된다. 자본주의 사회에서의 인간관계란 것이 으레 위선과 사기로 점철된 것이라 냉소하지 않고, 다른 이의 고통에 함께 아파할 수 있는 인간다운 면모를 회복하는 방법에 대해서 말이다. 소설은 지나가던 산모가 문우에게 건네준 딸기 우유와 같은 위로의 힘을 모아야 한다는 윤리적 사명을 부지중에 일깨운다. 그러한 점에서 소설의 제목을 우리 각자가 '내 안의 천사'를 깨워서 가짜 어둠이 잠식하고 있는 이 세계를 구해야 한다는 작가의 요청으로 읽어낸다면 너무 멀리 나간 것일까.

「서서 자는 잠」에서 작가의 시선이 인간 존재의 근원을 규정하는 죽음의 언저리로 옮겨가는 것은 이러한 점에서 예사롭지 않다. 여든이 가까운 나이에 여전히 공원묘지에서 묏자리를 파는 일을 하는 '허상교'라는 인물의 행동들은 인간의 삶을 성스럽게 하는 것이 무엇인지 질문을 던진다. 속물적인 꽃집 여자와의 모난 관계와 달리 그가 엄마를 찾아 공원묘지를 찾아오는 도영을 대하는 태도는 그의 인간적 면모를 보여준다. 애틋한 사연을 갖고 묘지를 방문하는 사람들에게 허상교는 무심한 듯 위로의 말들을 건넨다. 죽음이 누구에게나 공평하다는 진실은 사실은 거짓이기도 하다. 죽은 이후에도 돌봐 줄 이 없는 이들의 무연고 묘지는 "낮에도 해가 들지 않아 을씨년스"러운 분위기로 그려진다. 죽어서도 계속되는 외로움은 산 자를 더욱 쓸쓸하게 한다.

아내와 아들을 연탄가스 사고로 먼저 보낸 허상교가 아내와 아들의 기일마다 그들이 살아있었다면 기쁘게 입었을 옷을 한 벌씩 사는 의례를 이어오고 있다는 사실은 그의 슬픔의 깊이를 가늠하게 한다. 하지만 모든 것이 돈으로 쉽게 환산되는 세계에서 죽음조차 팔 수 있는 상품이 되었음을 이 소설은 인정머리 없고 천박한 소장의 존재를 통해 간접적으로 드러낸다. 삶을 존중하지 않는 세계에서 죽음이라고 해서 얼마나 다르겠는가. 그런 세계에서 홀로 누군가의 죽음을 정성을 다해 배웅하는 허상교의 태도는 세속적인 세계를 넘어서 신성한 데에 이른다. 박복한 자신의 운명을 탓하며 세상을 향해 헛된 분노를 배출하기보다 묵묵히 자신이 해야 할 일들을 해나가는 그에게 죽음은 멀리 있는 것이 아니다. 그는 묘지에 묻힌 이들을 "이웃처럼 다정하게" 느낀다. 무연고 묘지에 묻힌 이들을 위로하는 동백나무와 아들과 아내가 묻힌 묏자리 근처에서 죽음을 예감하는 그의 앞에 함박눈이 내리기 시작한다. 누구에게나 공평한 죽음처럼 공평하게 세상을 뒤덮는 희디흰 함박눈이.

짐승들은 죽기 전에 자기가 죽을 자리를 찾아간다고 했던가. 자신이 파놓은 땅속에서 온기를 느끼며 죽음을 맞는 허상교의 모습은 자연으로 돌아가려는 회귀 본능 같은 것을 상기시키기도 한다. 그러고 보면 외로움이란 것은 인간이 사는 동안 짊어지고 살아가야 하는 천형과 같은 것이지만, 그 외로움을 잘 다스리면 인간의 고귀한 본성을 회복할 수 있게 해주는 길잡이가 되기도 하는 것이리라. 죽음을 이웃으로 여기며 살아가는 삶이란 너무 쓸쓸하게 느껴지지만, 이 길 외에 우리가 인간으로 살아갈 수 있는 다른 방도는 존재하지 않는 것이다. 이것은 김근하의 소설이 일러주는 쓸쓸한 비밀이다. 이 비밀을 간직하고 있는 한 우리는 채워지지 않는 존재의 허기를 채우려 조급하게 허황된 탐욕을 부리는 어리석은 짓을 반복하지는 않으리라. 작가가 건네주는 이 기묘한 위로는 책을 덮은 후에도 진한 여운을 남기며 지속된다. 인간 실존에 대한 깊은 탐구를 보여주는 김근하의 소설이 모쪼록 많은 독자들에게 가닿기를 바란다.

작가의 말

참 많이도 걸었습니다. 외출했다가 돌아오는 길에 지나친 시장이나 오래된 골목길, 바람이 불어오던 해변, 조용한 공원을… 그 길을 걸으면서 보았던 모든 풍경이 제게는 소설의 씨앗이 되었습니다. 글을 쓰겠다고 마음먹은 이후로 일상의 크고 작은 순간들을 하나라도 놓치지 않으려고 위해 애써왔습니다.

길 위에서 마주친 사람들 역시 제 글의 중요한 일부였습니다. 인사를 나누던 이웃들과 마음을 전하던 사람뿐만 아니라, 스쳐 지나간 사람들의 눈빛까지. 때로는 서로의 마음을 헤아리지 못해 답답했던 날도 있었고, 예기치 못한 친절에 울컥하던 순간도 있었습니다. 기쁨이든 슬픔이든, 그 모든 감정이 제 안에 오래 머물렀고 결국 하나의 문장이 되었습니다.

글을 쓰는 순간은 언제나 평탄치가 않았습니다. 누군가는 앞서서 뛰어가는데 저의 발걸음은 더디기만 했고 손에 쥔 문장이 마음에 들지 않아 며칠씩 헤매기도 했습니다. 그럼에도 멈출 수 없었습니다. 힘들고 외로운 날들이었지만, 동시에 제 삶을 가장 정확하게 들여다보는 시간이기도 했습니다. 그렇게 차곡차곡 쌓아온 날들이 모여 책 한 권이 되었습니다.

이 소설집은 제가 걸어온 시간에 대한 기록이자, 함께 이 길을 걸어준 사람들에게 보내는 작은 인사입니다. 제 곁을 지켜준 많은 분에게 깊이 감사드립니다. 함께 글을 나누며 서로를 북돋아 준 문우님들, 언제나 가장 가까이에서 응원해 준 가족, 그리고 이 책이 세상에 나올 수 있도록 힘을 보태주신 실천문학에 고마운 마음을 전합니다. 앞으로도 즐거운 마음으로 길을 나서겠습니다.